あの愛をもう一度

ミシェル・リード
氏家真智子 訳

ハーレクイン
SP文庫

LOST IN LOVE

by Michelle Reid

Published by Harlequin Japan,

a Division of K.K. HarperCollins Japan, 2022

ミシェル・リード

5人きょうだいの末っ子としてマンチェスターで育つ。現在は、仕事に忙しい夫と成人した2人の娘とともにチェシャーに住む。読書とバレエが好きで、機会があればテニスも楽しむ。執筆を始めると、家族のことも忘れるほど熱中してしまう。

◆主要登場人物

マーニー・ウエスタン＝フラボーサ……画家。
ジェイミー・ウエスタン……マーニーの兄。
クレア……ジェイミーの妻。
ガイ・フラボーサ……マーニーの元夫。実業家。
ロベルト・フラボーサ……ガイの父親。
アンジー・コール……ガイの昔の恋人。
ミセス・デュークス……家政婦。

1

「いやよ」マーニーは絵筆を投げ捨ててふり返り、手についた絵の具を布でふきとった。「絶対にいや。よくそんなことが頼めるわね！」

ジェイミーはひどくけわしい顔をしている。「明日までに用意しないと身の破滅なんだ！　ほかに頼めるひとがいないんだよ。きみの言うことなら、彼だってきっと……」

「いやと言ったらいや」

ふたりはアトリエの両端に立ってにらみあっていた。例によって、マーニーは一歩もひかない決意で腕組みをしている。その冷ややかな視線は、白い三角巾《さんかくきん》でつられた兄の腕や、顔の片側にある痛々しげな青痣《あざ》をとらえてはいなかった。

マーニーはいらだたしげに顔をあげた。「わたしはね、このあいだ兄さんに言いくるめられて資金援助を求めに行った時、ガイにたっぷりお説教されたのよ。意気地なしの兄を甘やかす大ばかだって！　あんな目に遭うのはもうたくさんよ。兄さんがどうなろうと知らないわ！」

「そりゃないよ！　ガイは今でもきみに首ったけなんだぜ！　きみの願いを無下に断るはずは……」

「ジェイミー！」マーニーとガイ・フラボーサの関係を話題にする時は、つねに危険を覚悟していなければならない。ジェイミーは妹にたしなめられて、きまり悪そうにもじもじした。

「たしかに」ジェイミーは妹の視線を避けてつぶやいた。「あの時はぼくが悪かった。ガイに愛想づかしされて当然さ。でも……」

「愛想づかしされたのは兄さんじゃないわ」怒りをこめた声だった。「わたしなのよ！　家族について口汚くののしられたのも、このわたし！　あのひとの非難を甘んじて受けるはめになったのも兄さんじゃない！　このわたしなのよ！」

「じゃあ、ぼくが自分で頼んで……」

「兄さんが？」そう言った妹の目を見て、ジェイミーは思わずひるんだ。ジェイミーはガイのお気に入りではない。それどころか、ガイにとってジェイミーは世界でいちばん憎むべき男なのだ！「あのお方に自分でお願いにあがろうだなんて、兄さんもよほどせっぱつまってるのね。あのひとにかかったら、兄さんなんか三十秒でこてんぱんにされるに決まってるわ。わかってるくせに」

「だったら、きみが……」

「いやよ！」

「頼むよ、マーニー」ジェイミーは力なくソファに腰をおろした。落胆のあまり、痩《や》せた肩をがっくりと落としている。

マーニーは心を鬼にして、兄の哀れな姿を見ていた。もうその手には乗らないわ。ジェイミーのためにならないもの。ガイが言ったとおり、ジェイミーも自分の不始末は自分でかたをつけるべきだ。ガイと別れてから四年のあいだに、マーニーは兄のために三度も金の無心に行った。三度めでガイが怒りを爆発させたのも無理はない。次は見返りを要求するからな、とガイはマーニーに警告した。ガイの目当てはわかっている。だからこそ、絶対に……絶対に、ガイに援助してもらうわけにはいかないのだ。たとえ兄のためであろうとも。

「このままでは、ぼくは破滅だ」かすれ声でジェイミーがつぶやいた。

「それはよかったわね」ジェイミーの言葉は信用できない。「すべてを失えば、自分の財産を守ることの大切さがわかるでしょうよ！」

「あんまりだ」ジェイミーは声をつまらせ、怪我《けが》をした顔をあげて、みじめなようすで妹を見た。今度にかぎって、なぜ頼みを聞いてくれないのか理解できないのだろう。「きつい女になったな」なじるような視線がマーニーをとらえた。たったひとりの肉親であるジェイミーに、そんな目で見られたのは初めてだった。「ガイといろいろあったせいか」

「ねえ……」マーニーはため息をつき、語気をやわらげた。たしかに、わたしはきつい女になってしまった――自分自身を守るために、心に鎧《よろい》をまとってきたから。でも、ジェイミーを悲しませたくはない。悲しんでいるひとを見るのはいやだもの。「一万ポンドぐらいなら、明日までに用意できるわ。それで足りるかどうかわからないけど」

「足りるもんか」ジェイミーの恩知らずな言い方に、マーニーはいきり立った。

「じゃあ、どうしてほしいの？　悪魔に魂を売れとでも言うの？」ガイに資金援助を頼むのは、まさにそういうことだった。融資の見返りとして、ガイは魂を要求するに決まっている。

ジェイミーはかぶりをふった。「そんなふうに言われると自分がつくづくいやになるよ」

「少しはこたえたみたいね」マーニーは一つ大きく息をした。「ジェイミー、どうしてもっと慎重になれないの？」そう言って、腹立たしげに兄の隣に腰をおろす。マーニーの青い瞳には、いらだちの色が浮かんでいた。「保険もかけずに高級車を乗りまわすなんて、あまりにも軽率だわ！」

妹のあきれたような口ぶりにたじろいで、ジェイミーは弁解がましく言った。「持ち主に車を届ける途中で、薄汚い大型トラックが横から突っこんでくるとは思わなかったんだよ！」

「だからこそ保険があるんじゃないの？　万一の場合に備えるために」

ジェイミーは名人級のメカニックで、なかなか手に入らない超高級車の旧式モデルを修理するのが得意だった。おそらくそれが唯一のとりえだろう。ただ、世界一優しい女性を首尾よく妻にしたことは褒めてあげてもいい。ジェイミーはメカならなんでもこいだった。古い乳母車から初期のロールスロイスにいたるまで、細心の注意をはらいつつ解体しては、また組み立てなおすのだ。

「ガイは一九五五年型のジャガーXK一四〇コンヴァーティブルを持ってる。ぼくがスクラップにしちまったのと同じのを」あきらめの悪いジェイミーは言うまでもないことを言った。「きみの口ぞえがあれば、ガイはそいつを長期返済ローンでぼくに売る気になるかもしれない」

ガイはスポーツカーならなんでも持っている。パワフルなマシンを所有することはガイの道楽なのだ。ガイは元F1レーサーで、世界制覇をしたこともあり、スピードへの情熱でマーニーを虜《とりこ》にした。

高速でくりひろげられる、死を賭《か》けた勝負はとてつもなく刺激的だった。その興奮をわかちあうため、ガイはマーニーを何度かサーキットへつれ出した。ふたりを乗せたマシンが加速するにつれ、マーニーは不安げに目をみはった。ガイがいきいきした顔に悪魔めいた笑みを浮かべて、そんなマーニーを横目で見た――どぎまぎするほど何度も何度も。

この刺激に勝るのはセックスだけさ、とガイは言った。ふたりはスピード熱にうかされて、ほてった体が燃えつきるまで愛を交わしたものだった。

「お願いだ、マーニー……」ジェイミーの声は震えていた。「助けてくれ！」

「あんな高級車に保険なしで乗るなんて、兄さんはどうかしてたのよ！」

ジェイミーはむなしそうに両手をあげた。「わざと保険をかけなかったわけじゃないんだ。つい、うっかり……。ぼくがなにかに夢中になったらどうなるか知ってるだろう？」

青い瞳が訴えていた。「ほかのことが考えられなくなるんだよ！」

「だから兄さんに大事な車をまかせたおばかさんへの責任も考えなかったわけね！」ジェイミーがたじろぐのを見て、マーニーはため息をついた。「この前は、経費が予算より数千ポンドもオーバーしそうだって、お客さんに言いそびれたことがトラブルの原因だったわ！」

「悪いのはぼくだけじゃない！」ジェイミーはふてぶてしく言い訳をした。「あいつが新車同様にしてくれって頼むから、そうしてやったんだ」

「そしたら、請求金額をさげるまで車をひきとらないって言われたのよね。兄さんは値引きを拒否してガイに泣きついた……性こりもなく！」

「あれは損な取り引きじゃなかったはずだ。ガイはあの車を格安で手に入れて、自分のコレクションに加えたんだからな！　修理にかかった費用は一万五千ポンドだったのに、こっちの懐に入ったのはたった一万だよ！」

「そのうち二千ポンドはわたしのお金よ。まだ返してもらってないけど！」

「勘弁してくれよ……」ジェイミーは吐息をもらして立ちあがり、疲れた足どりで窓際に歩み寄った。六月の太陽が昇りはじめ、絵を描《か》くにはもってこいだった朝の光が消えていく。「自分に商才がないことは、言われなくてもわかってる」

マーニーはもどかしさと同情をこめた目で兄を見た。たしかにジェイミーはビジネスマンとしては最低だ。車のボンネットの下に頭を突っこむと、象牙《ぞうげ》の塔に住む学者みたいに、まわりが見えなくなってしまうのだ。けれども、去年クレアに事務をまかせてからは順調にいっているはずだった。

マーニーはいぶかしげに眉をひそめた。クレアはなぜ保険を更新しなかったのかしら。そんなことを忘れるなんて義姉らしくない。

「マーニー、きみに見捨てられたら」重苦しい沈黙を破ってジェイミーがつぶやいた。

「ぼくはどうすればいいんだ。あの車の持ち主は、金が用意できなければ報復手段をとると言ってるのに」

「なんてこと！」マーニーは吐息をもらし、うつむいて額に手をあてた。

「問題はそれだけじゃない……」

なんですって？　まだあるの？

「クレアのことだ」

「え？」マーニーは弾《はじ》かれたように顔をあげた。

「クレアが……また妊娠したんだ」

「そんな……もう？」マーニーの瞳が翳《かげ》り、顔から血の気が失《う》せた。「ちょっと早すぎるんじゃない？」ささやくような声だった。

「ああ」ジェイミーがため息をついてふり返った。また大きく息をつき、妹のかたわらにがっくりと腰を落とす。「いくらなんでも早すぎる……」

マーニーは唾《つば》をのみこんだ。心配のあまり、ジェイミーへの怒りが消えていく。クレアは女性として最悪の経験をしたばかりだった。妊娠三カ月の、いわゆる安定期に入る直前に、初めての子供を亡くしてしまったのだ。安定期。なんて皮肉な言葉かしら。そんなものありはしないわ。すべては母なる自然と運命のなせる業なんだから。

ドクターは二度めの妊娠を急ぐなと忠告したはずだ。「しばらく体をやすめなさい。涙を流す時間も必要ですからね」ふたりはそう言われたのだ。

「で……今、何カ月なの？」喉がつかえて思うように声が出ない。

「二カ月だ」ジェイミーがやつれた顔で妹を見る。「マーニー……わかってくれ。まさに最悪のタイミングなんだ。今度のことをクレアには知られたくない」ジェイミーはうなだれて、砂色の髪をいらだたしげにひっぱった。「ただでさえ心配かけてるんだから……」

マーニーは息をこらしてうなずいた。なんと言えばいいのかわからない。

「もしも助けてくれるなら……ぼくは誓うよ、マーニー。あの子の墓にかけて……」

「やめて！」声がかすれた。震える手で兄の手首をつかむ。「いったいなにを考えてるのよ！」

「ああ、ちくしょう！」ジェイミーは自分が言おうとしていたことに気づいて身震いした。

「なにがなんだかわからないよ。クレアのことが心配で、どうかしちまったんだ。ジャガーの弁償問題なんか、もうどうだっていい。ぼくは……」

「自動車保険をかけ忘れたのはそのせいなのね？」ようやく事情がわかった。「クレアは妊娠に気づいてから事務の仕事をやめたの？」

ジェイミーがうなずいた。「怪我をして帰ったぼくを見て、クレアは、失神しそうになったんだ！」疲れた吐息がもれる。「そんなクレアにむかって保険のことなんか言えるもんか！　きっとクレアは……」声がとぎれた。ふたりは胸苦しさを覚えつつ、じっと座っていた。

「わかったわ」かすれ声でマーニーが言った。「今からガイに会いに行く」

ジェイミーはほっとしたようだった。これでいいんだわ……たぶん。でも、ジェイミーは知らない。わたしがどんな犠牲をはらわされるか……。

「そうだ、すごい車を手に入れたって伝えてくれよ。MGのK三マグネットだぜ！」ジェイミーは埋めあわせをするかのように言った。「整備がすんだら、ガイのコレクションに加えてほしいんだ。コンディションはガイの持ってるやつのほうが上だし、それで借金が帳消しになるわけないけど……」ジェイミーはごくりと唾をのみこんだ。声がかすれている。「借りた金はきっと返す。約束するよ。マーニー、ぼくのために一肌ぬぐ気になってくれてありがとう。でも、これが最後だ」

「ガイのところへ行くのはクレアのためよ、兄さんのためじゃないわ」なぜそう言ったのか、マーニーにはわからなかった。ジェイミーが青ざめた。もしかしたら、わたしは兄を傷つけたくて、あんな言い方をしたのかもしれない。今のマーニーにとって、男はすべて憎しみの対象でしかなかった。

「わかってるさ」そう言ってジェイミーが立ちあがった。「きみもガイも、ぼくが野たれ死にすればいいと思ってるんだろう」

「思ってないわ、知ってるくせに」マーニーは深く息をして態度を少しやわらげた。「でもね、ジェイミー、自分のことは自分でしなきゃだめよ。すべてをクレアにまかせるのはよくないわ」

「ああ、そのつもりだ」決意を秘めた声だった。今度は本気かもしれない。「クレアはこれからが大変な時期だからな、なにやかやと」

ジェイミーはドアの前に立っていた。もう用はすんだから早く帰りたいのだ。「ガイと話したら、すぐ電話してくれないか」マーニーはためらいがちに念をおす兄を鋭い目で見た。

「あら、ずいぶんお急ぎですこと」

ジェイミーは真っ赤になってうなずいた。「早くなんとかしろって、せっつかれてるんだ」

兄さんがわたしをせっついてるみたいにね。マーニーは兄を見送って唇をゆがめた。わたしったら、ジェイミーにやつあたりしてる。今度のトラブルの原因は、愛する兄ではなくて、あのかわいそうなクレアなのに。

クレア……。小柄で愛らしい義姉のことを思うとマーニーの瞳に暗い翳《かげ》がさした。クレア、さぞ不安でしょうね。ジェイミーの言うとおりだわ。これ以上クレアに心配させるわけにはいかない。

たとえわたしが敵に身をまかせることになろうとも！

マーニーはおののいた。なんだか寒い。部屋には暖かな日ざしがあふれているのに……。鎧をまとった心に、いまわしい記憶がよみがえってくる。マーニーの瞳が冷ややかな青になった。画家としてのイマジネーションが働いて、ひとりの男の姿が目の前に浮かびあがってくる。

ガイ。マーニーの胸はうずいた。もうイメージの再生を止められない。ガイは大柄だった。余分な脂肪のない筋肉質の体。オリーブ色の肌がよく似合う、翳のある端整な顔立ち。

刺激的な経験を約束してくれる黒い瞳。そして、わたしだけにむけられた、セクシーで物憂げなほほ笑み……。マーニーはひそやかな吐息をもらした。胸がうずくようだわ。ガイ。イタリア男性の血をひく、いとしいひと。わたしの魂を歓喜の波に乗せて天上へみちびいてくれたのは、あのひとだけだった。

ガイは誇り高く、現実的だった。その胸に秘められた埋《うず》み火《び》のような情熱は、いったん燃えあがったら、血をも炎に変えるほど熱かった。

ガイはカリスマ的な魅力で女たちを虜にし、逆らうことを許さない。とてつもないエゴの持ち主で、華やかな噂《うわさ》が絶えなかった。ガイは男性としての理想像だった――女たちのたわいない夢に出てくるような……。でも、わがままで、情け知らずで、不実な男だったわ！　ガイはラテン民族の情熱のおもむくままに、ほしいものはすべて手に入れる――わたしを自分のものにしたように！　ガイ、わたしに強引な恋をしかけ、わたしの愛に残酷な裏切りで応《こた》えた男！　許せないわ、絶対に。

四年前、マーニーは心に深い傷を負い、二度とガイに会いたくないと思った。けれども、ガイは自分のことしか頭にないらしく、マーニーにうるさくつきまとった。

そして四年の月日が流れ、ふたりの関係も変化した。それは火花を散らしあう敵どうしのように、険悪ではあるけれど親密な――おかしいくらい親密な関係だった。

怒りと苦悩に満ちた別れのあとも、ガイはマーニーと完全に縁を切ることを拒んだ。その執拗《しつよう》さに、マーニーは驚いた。ほしいものはなんでも手に入るはずなのに、ガイが自分をまだ求めていると思うと妙な気がした。おそらく、マーニーとの結婚が失敗に終わったことをみとめるのは、ガイのプライドが許さなかったのだろう。

しかし今、マーニーは自分の立場の弱さを感じて、自嘲《じちょう》するような笑みを浮かべた。ガイがよく言っていたっけ。〝ジェイミーのために、いつかきっと、きみはぼくに屈伏するだろう〟と……。

どうやら、ガイの長年の辛抱が実をむすぶことになりそうだ。

マーニーは散らかったアトリエの入口をにらんだ。ドアのわきにある小さなテーブルにのった電話には、なんの罪もない。マーニーは心の動揺を鎮めると、仮面のように冷ややかな表情にもどって覚悟を決めた。

いくらジェイミーのためだからって、ガイの言いなりになるのはごめんだわ！

ガイへの反抗心に力を得て、マーニーは電話のところまで歩いていった。受話器を手にとり、忘れようにも忘れられない番号をダイヤルする。シニョーレ・ガイ・フラボーサの、ロンドンにある自宅の番号を……。

2

応答がない。

「相変わらずね」そうつぶやいて、マーニーは受話器をおいた。「あのひとらしいわ！」

念入りな心の準備がすっかり無駄になってしまった。

ガイはビジネスの拠点と自宅をロンドンにおいているものの、仕事の性質上つねに動きまわっていた。カーレースをやめたあと、企業グループの総帥《そうすい》の座を父親からゆずられて、経営責任者としてすべての業務を監督しているのだ。マーニーはガイがいそうな場所に次次に電話をかけ、とうとうエジンバラにいることを突き止めた。

電話に出た女性の声は、ひどくよそよそしかった。まるで機械と話しているみたいだ。「ミスター・フラボーサはただいま会議中です」にべもない答えが返ってきた。「おつなぎできません」

あらそう？　あまりにもそっけない応対だった。マーニーの青い瞳にかたくなな光が浮かんだ。あちこち電話をかけまくり、無愛想な女性社員の口から、ガイがエジンバラにいるという情報をようやく聞き出したと思ったら、またこれだ。ガイの妻だった立場を利用することはめったにないが、やむをえない場合は躊躇《ちゅうちょ》なくそうしてきた。自分にはそのくらいの権利はある。

今度も同じ手段をとる必要がありそうだ。「わたくし、ガイの妻ですけれど」冷ややかにマーニーが言ったとたん、予想どおりの効果があらわれた。秘書は口ごもりながらマーニーに謝罪し、さっそくミスター・フラボーサにお伝えします、と言って電話をはなれた。

五分ほどマーニーは待たされた。時おり雑音が聞こえてくるので、電話を切られてはいないらしい。マーニーはガイがすなおに電話口までやってくるのを待っていた。

まだ来ない。

受話器をとったのは、人間味のない声で話すあの秘書だった。なんだかうろたえているようだ。「申し訳ございません、奥様。ロンドンに帰りしだい、ミスター・フラボーサのほうからお電話をさしあげるとのことですが、よろしいでしょうか？」

マーニーの唇がこわばった。「正確にはいつですの？」

「明後日です、奥様」

あさって。どうしようかしら。急用でもないかぎり、こっちから電話はしないということは、わかっているはずなのに。ガイらしいわ。わたしを待たせようとするなんて。あのひとはいつだって、わたしの忍耐の限界を試すのが好きだった。

いいわ、それならこっちにも考えがある。ガイへの反抗心に、抜け目ない計算が加わった。「けっこうよ、電話する必要はないと伝えてちょうだい」マーニーはそう言って、冷静に受話器をおいた。

ガイの性格は知りつくしているつもりだ。

はたして、三分後に電話が鳴った。マーニーはガイをやきもきさせようとして、呼び出し音が六回鳴るまで待ってから受話器をとった。送話口にむかい、のんきな声で自分の名前を告げる。

「まったくきみにはいらいらさせられるよ」

ビロードのようになめらかで深みのある声が受話器からもれた。マーニーは目をとじて歯をくいしばった。ガイの美声に反応してはだめ。ガイはマーニーの愛と憎しみの対象であり、いまだに官能をくすぐる力を持っていた。

「ハロー、ガイ。ご機嫌いかが？」父親が何十年も前に移住した国、イギリスはガイにとって第二の祖国だ。イギリスにいる知人たちは、ガイの名前を英国ふうに発音する。けれどマーニーは〝ギイ〟とフランスふうにやわらかく発音するほうが好きだった。ガイもその呼び方を気に入っていた。マーニーにそう呼ばれただけで期待がふくらみ、体がつい反応してしまうと言うのだ。マーニーはそれを確かめようとして、わざと名前を呼んでみたことがある。が、今〝ギイ〟に近い感じで呼ぶのはいやがらせにすぎなかった。マーニーの声に以前のような誘惑の響きがないことは、ガイにもわかっているはずだ。

「機嫌なら上々さ」ガイはあてつけがましく言葉をついだ。「きみから電話があったと聞くまでは」

「かわいそうに」マーニーは心にもないことを言った。「やっかいな元妻を持って大変ね」

「今度もやっかいな用件なのかい？」

「まあね」マーニーは朗らかに言った。動揺してはいけない。ガイは相手の弱みをつくのがうまいから。いずれにしても、ガイが優位に立つのは時間の問題だった。「大事なことだから、今日じゅうに会いたいの。なんとかならない？」

「無理だ。きみがエジンバラに来るなら話は別だが。あさってまで、ここをはなれるわけにはいかない」

マーニーはため息をつきたくなるのを我慢した。それまで待てる？　いいえ、ジェイミーのあの慌てぶりからして、とてもそんな余裕はない。

マーニーは下唇を噛《か》んだ。もう一度、強気に出てみようかしら。〝残念ね。でも、もういいわ。忘れてちょうだい〟と言って、一方的に話をやめるのは、過去にも何度か成功した手だ。ガイはマーニーと別れたことを喜んではいない。あくまでも離婚を拒むガイに最後の切り札をちらつかせ、無理やり承諾させたのはマーニーだった。それでもガイはマーニーのためならなんでもすると公言し、その言葉どおり実行してきた。

マーニーはクレアのことを思った。今はガイと駆け引きをしている時ではない。

「そっちへは自家用機で行ったんでしょう?」

「そうだよ、マイ・ラブ」嬉《うれ》しそうな声だ。ガイはマーニーを困らせるのが好きだった。だから、めったにないチャンスと見ると、いい気になって意地悪をする。「言うまでもないことだが」ビロードのような声には、からかいめいた響きがあった。「定期便でこっちへ来るのがいやなら、日曜の午後をきみのためにあけておいてもいい……」

なぜ土曜じゃないの？　疑惑がじわじわと広がっていった。今日は水曜日だ。ガイがエジンバラでの仕事を終えるのが金曜日。とすると、答えは一つだった。ガイにはささやかなモットーがある。〝土曜をひとりで過ごすべからず〟というモットーが！　女づれでエジンバラへ行ったのね！

マーニーの疑惑はふくらんでいった。ガイが情熱家だということは百も承知だ。女なしでは生きていけないひとなんだから！

「そっちで女友達をもてなしてるのね?」

「そうだったかな?」ガイのそらとぼけた言い方に、マーニーは無性に腹が立った。

「たとえエジンバラへ行ったとしても」硬い声でマーニーは言った。「あなたの新しいお気に入りと同席なんかしませんからね!」

「ダーリン」ガイは刺《とげ》のある台詞《せりふ》にも挑発されなかった。「きみがわざわざ会いに来てくれるなら、体をあけておくと約束するよ」

だからどうだっていうの！「あなたを独占できると信じてるおばかさんはどうするつもり？」

「なぜそんなことをきくんだい？　きみはぼくと夜をともに過ごしたいのかい？」癪《しゃく》にさわるほど冷静な声には驚きと嘲《あざけ》りがこめられている。「もしそうなら、なにがなんでも体をあけておく」

マーニーの唇がこわばった。「あなたったら、まだそんな夢を見てるの？　おあいにくさま。わたしはね、ベッドをともにする男性の好みがうるさいの。近ごろは用心しないと危ないから」

「なんて言いぐさだ。いい気になるなよ、マーニー。ぼくがいつまでもきみを追いつづけると思ったら大間違いだ。きみはぼくに身をまかせた自分が許せないんだろう。なにしろ、ぼくは……あの時きみは、ぼくのことをなんと言った？」ガイは口のうまい蛇のように、毒のある言葉で神経を逆撫《さかな》でした。「盛りを過ぎても種馬のふりをしている中年男、だったかな？　実に奇抜な表現だ」

マーニーは思わずひるんだ。四年前、わたしはガイにひどいことを言ってしまった。許しがたいことを……。あの時、わたしの心は傷ついていた。だからガイの落ち着きと優しさが癪にさわって、口汚くののしったのだ。ガイの悪魔のような本性をむきだしにしてやろうと思って……。

しかし、そのもくろみは失敗に終わり、ガイはマーニーの前から去っていった。さもなければ、マーニーはガイに殴られていただろう。が、四年前ガイに背をむけられたことは、マーニーにとって大きな痛手となっていた。

「あなたが複数の女性に欲望を感じるのは、わたしのせいじゃないわ」マーニーはきまり悪さを隠そうとして語気を荒くした。

「優しいことを言ってくれるじゃないか。まさにその〝欲望〟が、ふたりの夜を……このうえなくワイルドにしたはずなのに」

「あのころのわたしは無邪気な子供だったのよ」マーニーはふっくらした下唇をゆがめた。「泣きたくなるほどお人好《よ》しで、あなたに踏みつけにされて嬉しがってたんだから」

「いいかい」ガイはしびれを切らしたようだ。「きみと口喧嘩《くちげんか》をしている暇はないんだ。ぼくを怒らせるつもりで電話をしたなら、その計画はみごと成功だ。さあ、返事を聞かせてくれ。エジンバラへ来るか、ののしりあいになる前に電話を切るか、どっちにするんだ?」

「定期便の時刻表を調べて、あなたの秘書に到着時間を伝えておくわ」マーニーはおとなしくひきさがった。会う前にガイの機嫌をそこねてはまずい。ただでさえ難しい交渉が待っているのに。

「言っておくが、きみの兄貴がしでかした不始末の尻ぬぐいをさせるつもりなら、エジンバラへ来ても無駄だぞ」ガイが警告した。

「くわしい話はあとでするわ」ガイがため息をつくのを聞いて、マーニーは慌てて受話器をおいた。


ジェイミーは電話を待ちかねていたらしく、最初の呼び出し音で受話器をとった。「クレアが二階でやすんでるんだ。電話が鳴る音で起こしちゃまずいと思ってね。で、ガイと話はできたのかい？」

「あのひと、エジンバラにいるの。これから会いに行ってくるわ」

「恩に着るよ、マーニー」しゃがれ声でジェイミーがつぶやいた。「ガイのところへ行くのは不本意だろうけど、今度ばかりはクレアのためだ。でなかったら、きみに頼んだりするもんか」

「クレアはどうしてるの？」

「ぴりぴりしてるよ。やたら明るくて、心配事なんかまるでないふりをしてるけど、ほんとは怯《おび》え切ってて、なにをするにも慎重になってる」

「そう」初めての子供を失ったクレアのつらい心の内はマーニーにも理解できた。流産を経験した女性は、どうしても自分自身を責めてしまう。常識も医者の言葉もなぐさめにはならない。あれは避けられない悲劇だったと言われても信じられれず、罪の意識にとりつかれてしまうのだ。

「この大切な時期をなんとか無事に乗り切ったら、クレアも安心するだろうけど……」

「そうね、クレアによろしく伝えて。もう心配かけちゃだめよ」

「ぼくだって、それほどばかじゃないさ」はりつめた声だった。「自分がぎりぎりの立場にあることぐらい、わかってる」

そう、それはよかったわ。マーニーはひそかにため息をついた。注意力散漫で軽率なジェイミーも、二重の危機に直面したおかげで生まれ変われるかもしれない。「ガイと話がついたら、すぐ兄さんに電話するわ。クレアを大事にしてあげて」

「そのつもりだ。きみには感謝してる」

「よしてよ、ジェイミー」マーニーは物憂げな吐息をもらした。「お礼ならガイに言って。今度もまた援助してくれるとはかぎらないけど」

その日の午後遅く、エレガントな女性がひとり、エジンバラ空港の到着ゲートから姿をあらわした。それが自由を愛するボヘミアンのような芸術家、マーニー・ウエスタン＝フラボーサだとは誰も気づかないだろう。今日のマーニーの装いは、絵の具で汚れたTシャツに色あせたジーンズというい つもの服装とは似ても似つかぬものだった。

コンコースのひと込みのなかをやってくるその姿を、けだるげな黒い瞳が追っていた。マーニーは彼のすべてだった。名うてのプレイボーイでありながら、彼はマーニーに一目ぼれして、自分だけのものにしたいと考えた。あの初めての出会いから五年、長く波瀾《はらん》に満ちた歳月が流れた。にもかかわらず、彼はマーニーの姿を目にしただけで、下半身をわしづかみにされるような欲望にとらわれていた。

マーニーの肌は薄桃色のクリームにも似て、このうえなく美しく、彼を魅了した。長くしなやかな髪は、頭のてっぺんでまとめてある。地味なヘアスタイルだが、赤みがかったゴールドの色合いはそこなわれることなく、頭上の明かりに照らされて輝いていた。その豊かな黄金色の髪をいっそうひき立てているのは、目鼻立ちの優しい卵形の顔だった。

瞳は青だ——それが情熱的な紫に燃えあがったり、怒りに凍《い》てついたグレーになったりする。ちんまりした鼻のすじは通っているが、反抗的に頭をそらすと傲慢《ごうまん》にも見えた。そしてあの唇……。

彼はマーニーの口元に目をやった。物思いにふけっているのだろうか。かつてあれほど官能的に見えた口元に、沈んだ笑みが浮かんでいる。あの唇の感触と味わいは、見た目よりもはるかに刺激的だった。彼は下半身にじわじわと広がっていく欲望の炎を鎮めることができなかった。

マーニーは紫をまとっていた。紫はマーニーによく似合う色だ。それはコットン・ジャージーを使った既製品のドレスにすぎなかったが、シンプルなデザインがすばらしい効果を発揮していた。体を優しく包みこむ膝丈のドレスは、想像力の助けを借りる必要がないほど、女らしい体の線を強調している。そして、すらりとのびた長い脚。その足どりには、生来の官能的な気品があった。彼のなかばとじた、けぶるような瞳に、一瞬輝きが浮かんだ。

ふたりの目が合い、マーニーは彼の瞳に宿った光を見た。翳《かげ》のある美貌《びぼう》と、カリスマ的な雰囲気を持つ男、それがガイ・フラボーサだった。

ガイはイタリア人の父親と、フランス人の母親のあいだに生まれた。十歳のころからイギリスで育ち、成人したあとは世界各地を飛びまわって暮らしてきた。にもかかわらず、自分は国際人ではなく、体に流れる血の最後の一滴までイタリア人だと思っている。無理もない。男らしさに敏感な女性たちを惹《ひ》きつけるのは、ガイの体に流れるイタリアの熱き血なのだから。

それはガイも承知だった。英語を完全に理解していながら、耳に心地よいイタリアなまりを直そうとせず、最大の武器にしているのはそのせいだ。ガイがイタリアふうの巻き舌で発音する〝r〟の響きは、身震いするほどセクシーだった。

ガイは長身で、たくましく、身のこなしがしなやかだ。選ばれた男のための、オーダーメイドの高級紳士服を着るにふさわしい体だ。髪はラテン民族特有の黒。こめかみのあたりの白いものも、ガイの魅力を高めこそすれ、そこなってはいなかった。三十九年のたゆみなき人生を送ってきたはずなのに、若者のようなガッツを今でも持ちつづけている。世の中には、衰えを知らない幸運な男性がいるけれど、ガイもそのひとりだった——上等なワインのように歳月とともに味わい深くなっていく。

黒褐色の瞳は物憂げで官能的だが、その気になれば、黒水晶のような冷たさで、手ごわい敵をぞっとさせもする。鼻は大きめで、全体的に肉が薄いものの、鼻孔のあたりはふっくらしていた。ガイの情け知らずな一面が、その傲慢な鼻といかつい顎によくあらわれている。

けれども唇はセクシーとしか言いようがなく、ガイの気分しだいでさまざまな表情を見せた。怒っている時は固くとざされ、ちょっと機嫌がいい時にはからかうような笑みをたたえる。いかにも愉快そうに笑う時は真っ白な歯をのぞかせ、官能を刺激された時にはソフトで情熱的になるのだ。

もう一つ、マーニーだけが知っている表情があった。ガイはひと波をぬって歩くマーニーを見つめながら、今まさにその表情を浮かべていた。

ガイの口元には、優しさと皮肉とほほ笑みが入りまじった表情がたたえられている。マーニーに対して、どんな感情を抱けばいいのかわからないのだ。今までずっとそうだったように。

それこそ、わたしが持っている最大の武器だわ——そう思いつつ、マーニーは自分自身をたしなめた。ガイを一目見ただけで体が反応してしまうのは、ガイのたくみな愛撫《あいぶ》が記憶に刻みこまれているからだ。でも、ガイは今のわたしをもてあましている。ガイにとって、かつてのわたしは従順な〝妻〟だった。わたしは恋に酔いしれて、まんまとガイの手に落ちた。ガイはそんなわたしの愛を試そうとして、人生最大のあやまちをおかしたのだ。

マーニーはガイの前で足を止め、なめるような視線に耐えた。紫のやわらかなスエード靴の先から、シンプルなドレスの深くあいた襟ぐりまで、ガイがゆっくりと目を這《は》わせていく。昂然《こうぜん》とあげたマーニーの顎を、皮肉っぽいまなざしがとらえた。ガイの視線は、形のよい唇から小さな鼻へ移動して、あざやかなブルーの瞳とまともにぶつかった。

マーニーは胃のあたりの筋肉が収縮するのを感じた。荒けずりだが端整なガイの顔を間近で見ると、つい体が反応してしまう。

「やあ、マーニー」ガイがつぶやいた。

「こんにちは、ガイ」かすかな笑みを浮かべてマーニーがささやく。マーニーはガイを憎むと同時に愛していた。二つの相反する感情を抱くことなど、不可能かもしれないけれど……。

マーニーの気持はガイも承知だった。憂いをおびた目をして、ガイが一歩前に進み出た。こんな時、ガイはいかにもイタリア人らしく、両頰に挨拶《あいさつ》がわりのキスをする。それを拒んでも無駄だとわかっているので、マーニーはあえて身を引こうとしなかった。

ガイがマーニーのほっそりした肩に手をおいて、ほのかな香りがする両頬にそっと口づけした。マーニーは一歩さがって平然とほほ笑もうとしたが、力強い腕で抱きしめられてしまった。ガイの瞳がいたずらっぽくきらめいたと思う間もなく、マーニーは唇を奪われた。むさぼるようなキスだった。ガイはひと目をまったく気にしていない。四年前、マーニーがひいた一線を越えたことなど、なんとも思っていないらしかった。

短いようで長い嵐《あらし》にも似た時が過ぎ、マーニーはようやく我に返った。けれども、もう手遅れだ。マーニーの体は弓なりにそり返り、ガイのひきしまった体に寄りそっていた。驚きのあまり息をのみながら、マーニーの唇はガイの唇のなつかしい感触と味わいを求めていた。

マーニーは身を震わせて、恐怖に目をみはった。声にならない非難をこめて、ガイの勝ち誇った瞳を見る。黒いまつげにふちどられた目がとざされた。ガイは恍惚《こうこつ》感に身をゆだね、マーニーをきつく抱きしめた。厚い胸板をおしつけられたマーニーの胸が官能の喜びにふくらんで、その頂を固くしていることを思い知らせるかのように。

「ぼくはこの時を待っていたんだ」ガイがようやく唇をはなし、いかにも満足げにつぶやいた。

マーニーは憤然として身をひいた。思いがけない口づけだった。ガイの姿を目にし、その声を聞き、なつかしい香りに包まれると気が遠くなりそうだ。マーニーの体は激しく震えていた。なんだかやましくて頬がほてる。ガイにこんな気持にさせられたのは何年ぶりだろう。

落ち着くのよ。マーニーは懸命に平静をとりもどそうとした。ガイへの苦い思いは薄らぎつつあるものの、信じられない――このわたしが感情の底なし沼にひきずりこまれるなんて！　震える手で唇をおさえても、口づけの名残をぬぐい去ることはできなかった。マーニーは怒りをこめて上目使いにガイを見た。

「ひどいわ」声がかすれた。「あなたったら、まるで……」

「嘘《うそ》はだめだよ、かわいいひと《カーラ》」ガイがけだるそうに口をはさんだ。「あの口づけに酔わなかったとは言わせない」からかうような目をして、ガイが顔をしかめてみせた。

「ぼくもつい夢中になってしまった」なめらかな声だった。「お堅いふりをしてもだめさ。きみはぼくにキスされて、喜びに打ち震えていたんだから。つんと立った乳首が動かぬ証拠さ……。もっとぶあつい下着をつけたほうがいいな、マーニー。そうでもしないと、目の毒だ」

「いやなひと！」

「わかっているさ」反省の色もなく、ゆっくりした口調でガイが言った。

「わたしに恥をかかせて楽しむなんて、ちょっと変態じみてない？」

「狼狽《ろうばい》したきみを見るのは刺激的だからな」そう言ってガイがさっと身をひいたので、マーニーの体は支えを失った。ふらついてはだめだ。怒りで頬が熱い。このラウンドはガイの楽勝だった。

「さあ」急にガイの態度が冷たくなった。「交渉開始だ。車を外に待たせてある」

そう言うと、ガイは自分の持ち物でも扱うようにマーニーの腕をとり、ぴったり体を寄せたまま、空港の出口へとみちびいた。

「荷物は？」歩きながらガイがきいた。

マーニーはかぶりをふった。「ないわ。今夜の最終便でロンドンへ帰るつもりだから」

「ということは、離陸まで、あと一時間か」すました顔でガイが言った。「きみは考え方が甘いんじゃないかな。一時間以内に話をつけて、空港へもどれると思っているのかい？」

「一時間？」マーニーは足を止め、ぎょっとしてガイを見た。帰りの便の時間を確かめることなんて考えもしなかった！　空港は一日じゅう機能していると思っていたのだ――駅みたいに。

「さあどうする？」挑発するようにガイがささやいた。「進退きわまったな。見知らぬ町に、憎い男とふたりきりだ！」

「平気だわ。その男はこれ以上わたしを傷つけられやしないもの！」

ガイは口元をこわばらせたが、無言でマーニーをつれて空港の外へ出た。ふたりを待っていたのは、運転手つきの黒いリムジンだった。ガイはマーニーが後部座席につくのを見届けてから隣に乗りこんだ。ドアが閉まるが早いか、ふたりを乗せたリムジンは滑るように動きだした。

3

「泊まる場所を見つけないと」マーニーはため息をついた。ロンドンへ帰る便の時間を確かめなかった自分の愚かさかげんに腹が立つ。ガイとふたりで過ごすのは三時間が限度だ。一晩じゅうガイのそばにいなければならないと思うと、マーニーは不機嫌になった。「おなかがすいたわ。わたし、お昼を食べてないの。あなたが――」

「おとなしくしないか」ガイに軽蔑《けいべつ》のまなざしをむけられて、マーニーは真っ赤になった。「ぼくは必要な準備を怠るような男じゃない。抜け目ないのが、ぼくのとりえだからな。そのくらい……」

マーニーはガイをにらみつけた。いやみばかり言うのね。おっしゃるとおり、あなたは抜け目ないひとよ。愛人がいることを一年も隠しつづけたんだから。ジェイミーがなにげなく口にしたあの一言がなかったら、わたしがそれを知ることはなかった。

ジェイミー。マーニーは身を震わせた。あの軽はずみな一言で、ジェイミーはガイの憎しみを買ってしまった。ガイはジェイミーを許さないと誓ったのだ。わたしがガイを許さないと誓ったように。

「寒いのかい？」マーニーの体がかすかに震えているのに気づいて、ガイが小声できいた。

「いいえ、ただ……」マーニーはふと口をつぐみ、意味もなく肩をすくめて顔をそむけた。ガイの鋭い視線を感じる。マーニーは体をこわばらせ、ガイが先をうながすのを待っていた。沈黙が深まっていく。緊張のあまり、マーニーの息遣いは荒くなり、心臓の鼓動が激しくなった。ふたりのあいだには苦い思い出と感情の対立がある。マーニーには今夜の試練を乗りこえる自信がなかった。

「リラックスするんだ……」ガイがマーニーの手をてのひらで包んだ。日焼けした手のぬくもりが伝わってくる。その時初めて、マーニーは両手を固く握りしめていたことに気づいた。「それほどやっかいな話じゃないんだろう？」

いいえ、きっとそうなるわ。わたしはあなたを憎み、あなたはジェイミーを憎み、ジェイミーは自分自身を憎んでるんだから。これ以上やっかいなことはない！

「ガイ」マーニーはおずおずと話しはじめた。「ジェイミーのことなんだけど……」

「だめだ」ガイが手をはなすと同時に、気遣うような表情も消え、マーニーは落胆した。ガイはシートにもたれて目をとじている。これではとりつくしまもない。相変わらずね。聞きたくない話になると、相手が口をひらくことも許さないんだから。

マーニーはそっと吐息をもらした。あきらめるしかない。無理に話をしようとしても、黙殺されるに決まっている。いかにもガイらしいわ。情け知らずで、頑固で、自分勝手で……。ガイは自分だけのルールにしたがって人生ゲームを楽しみ、他人の命令に耳を貸そうとしないのだ。

ガイは容姿のみならず、ビジネスの才能にも恵まれていた。運動神経は抜群で、疲れを知らぬ恋人でもある。男として、ラテン民族の血をはずかしめることはない。ガイはあふれる魅力の持ち主だった。性格は傲岸不遜《ごうがんふそん》だが、六人ぐらいの女性なら肉体的にも金銭的にも満足させる力を持っている。

ガイはフラボーサ家のありあまる財産のおかげで、第二の道楽であるカーレースにうつつを抜かすことができた。情熱のおもむくままに、世界各地で開催されるレースに参加して、変化に富んだ華やかな生活を送ってきたのだ。女たちはガイの端整な容貌《ようぼう》と天性の魅力に夢中になって、みずから身を投げ出した。そのためか、ガイはマーニーに会うころまでに、信じられないほど辛辣《しんらつ》な女性観を抱くようになっていた。

ガイがマーニーと出会ったのは、三十四歳の誕生日をむかえた直後だった。ガイはレーサーとして二度めの世界制覇をはたしたのちに引退し、父親のあとをついで実業界に入っていた。「おやじに薔薇《ばら》の世話をさせてやろうと思ってね」ガイはよくふざけてそう言った。

パパ・フラボーサ……。マーニーは顔をゆがめた。パパにはもう長いこと会っていなかった。ガイと離婚したせいではない。義理の父ロベルトとマーニーをむすぶ愛情の絆《きずな》は、そんなことで断ち切られるほどもろくなかった。マーニーがフラボーサ家の一員として過ごした月日は短かったけれど……。

ロベルトは数カ月前に軽い卒中で倒れて以来、バークシャーにある屋敷にひきこもっていた。マーニーはガイと別れてから一度もあの屋敷を訪れてはいない。あそこへ行くと、痛ましい思い出が次々によみがえってくるからだ。

ロベルトはどうしているだろう。マーニーはガイにきこうとしてふり返った――その瞬間、彼女はなにもかも忘れて、ガイの浅黒いシャープな横顔に魅せられていた。

なんてハンサムなのかしら。マーニーの胸はうずいた。ガイは完全無欠だわ。わたしにはもったいないくらい。精力的なガイにふさわしいのは、絵を描《か》くのが好きな、ただの小娘ではない。わたしはまだ子供で、男性経験がなさすぎる――そう気づくのに、どれほどつらい思いをしたことか。二度とあんな目には遭いたくなかった。でも、わたしがもう一度やりなおしたいと言いさえすれば、ガイは黙って受け入れてくれるだろう。

ガイは自分なりの愛し方でマーニーを愛した。ほとばしる情熱をこめて……。しかし、それはマーニーが求めていた誠実な愛ではなかった。ガイの肉体は複数の女性と関係を持たないと満たされないのだ。マーニーにとって、それは胸に杭《くい》を打ちこまれたようなショックだった。あの時受けた心の傷はまだ癒《いや》されていない――四年たった今でも。

ガイはマーニーがそこまで深く傷ついているとは知らなかった。マーニーがひた隠しにしていたからだ。それでもガイは自分自身を許してはいなかった。後悔と自責の念がさきに立ち、どうしてもマーニーをあきらめ切れない。ガイはいつかきっと和解の時が来るというむなしい希望を抱いていた。

ガイはカトリック教徒だった。ふたりの結婚はカトリックの教義にのっとったものではなく、離婚も法的に成立しているのだが、ガイ自身は納得していなかった。〝生涯に娶《めと》る妻はただひとり〟と信じているからだ。ガイはマーニーと完全に縁を切ることを拒み、マーニーにもそうさせなかった。

ふたりは親友と仇敵《きゅうてき》のはざまで揺れる奇妙な関係をつづけていた。ガイはマーニーに許される日が来るのを待ち、マーニーはガイがあきらめる日が来るのを待っている――マーニーにいくら噛《か》みつかれてもガイが腹を立てないのはそのせいだった。

せめてもの罪ほろぼしさ、とガイは言った。四年も別れて暮らしたのは罪をつぐなうためだ。それが当然の報いだから、と。

「そのうちきみも、ぼくを許す気になるさ」ある時、ガイはマーニーを口説こうとして失敗した――あわやというところで!「きみにもう少し時間をやろう。ただし、そう長くは待てない。そろそろ時間切れになるからな。死ぬ前に孫を抱きたいというおやじの願いをかなえてやりたいんだ」

「だったら、わたしを当てにしないで！」マーニーが毒のある言葉で応酬すると、ガイの顔から血の気がひいた。「子供がほしければ、夫をほかの誰かと共有できる女性を見つけることね。あんな地獄を見せられるのはもういやよ！」

「ああいうことは二度と起こらないと誓ったじゃないか！」横柄な口のきき方だった。ガイは痛いところをつかれると横柄になる。弱い立場に追いこまれるのが嫌いなのだ。「あんなあやまちは――」

「あやまちは一度でたくさん！」マーニーはいつものようにガイの言葉をさえぎった。言い訳なんか聞きたくない。「どうしてわかってくれないの？　わたしはもうあなたを愛していないのよ」

残酷な台詞《せりふ》をぶつけても満足感は得られなかった。心をとざしたガイの顔を苦悩がよぎるのを見て、自分自身がつらくなっただけだ。

あれから五カ月、マーニーはできるだけガイを避けてきた。にもかかわらず、今こうして一緒にいる。エジンバラの街路を車で走りながら、マーニーは憂鬱《ゆううつ》になった。今度ばかりは、ガイが圧倒的に有利だ。わたしが持っているのは誇りだけ――だけど、ガイはそれすら奪おうとするかもしれない。

「着いたぞ」ガイの穏やかな声がマーニーの思考をさえぎった。ふと見ると、エジンバラでも指折りの高級ホテルの柱廊玄関が目の前にあった。

車をおりるマーニーに、ガイが紳士らしく手を貸した。ガイはマーニーをエスコートしてホテルに入り、エレベーターまで歩いていった。ふたりは終始無言だった。嵐《あらし》の前の静けさだ。これからなにがはじまるのか、おたがいにわかっているから、無駄なエネルギーを使いたくないのだ。

エレベーターのドアがとじて、またすぐにひらいた。ガイはマーニーをつれて静かな廊下を歩いていき、立派な白い二枚扉の前に立った。ガイの指先で部屋の鍵《かぎ》が揺れている。

思わず身を震わせたマーニーをガイが鋭い目で見た。ガイの唇は固くむすばれている。マーニーの考えが手にとるようにわかるのだ。その恐怖を裏打ちするかのように、マーニーの腕をとったガイの手に力が入った。今度こそ思いをとげてみせると言わんばかりに……。もう逃げ道はなかった。

ホテルのスイートルームはちょっとしたアパートメントなみの広さがあった。ガイはこぢんまりしたホールに並んだドアの一つをあけて、なかに入るようマーニーをうながした。そこはゆったりした居間で、贅沢《ぜいたく》な調度がそろっていた。

「すばらしいわ」

「それほどでもないさ」旅慣れているガイは、こともなげに言ってのけた。ホテルというものにうんざりしているせいだろう。ガイはバークシャーにある広大なカントリー・ハウスや、ロンドンの瀟洒《しょうしゃ》なアパートメントのほうを好んでいた。「座っていてくれ。飲み物を用意するから」

ガイはいつものしなやかな身のこなしで小さなカウンターにむかい、サイドボードの扉をあけた。マーニーは動けなかった。不意にパニックが襲ってくる。ここから逃げ出すべきではないかしら。今ならまだ間に合う。

けれども、ジェイミーの怪我《けが》やクレアの妊娠のことを思うと、自分の身の安全など、どうでもよくなってしまった。

クレアが心の安らぎを得られるなら、それでいいじゃないの。つらい記憶に胸を痛めながら、マーニーは自分自身に言い聞かせた。ストレスで死ぬ人もいるのよ。クレアの不安をとりのぞくためなら、たいていのことは我慢できるわ。

マーニーはけわしい顔をして部屋の奥へ行き、ふかふかのアームチェアに腰をおろした。「どうぞ」ガイがさし出した細いグラスは、発泡性の透明な液体で満たされていた。「ドライ・マティーニだ。ソーダをたっぷり入れておいた」ガイはそう言って、もう一つの椅子に座った。マーニーは苦笑した。ガイはアルコールが苦手なマーニーをからかうのが好きなのだ。マーニーが飲めるのは、極端に薄めたドライ・マティーニぐらいしかない。

ガイがジン・トニックを口にふくむと、グラスに氷があたって、ちりんと鳴った。「さあ、話を聞かせてくれ。きみのばかな兄貴が今度はいったいなにをやらかしたんだ？」

「どうしてジェイミーのことだと思うの？」マーニーは順を追って話させてくれないガイ

に腹を立て、車中で自分がほのめかしたことを忘れていた。「助けを求めてるのはわたしかもしれないのに、あなたはいつも結論を急いで」

「助けを求めているのは、ほんとうに、きみなのか？」ガイがさりげなく口をはさんだ。

「そうじゃないけど……」マーニーは居心地わるそうに身じろぎした。「でも、説明ぐらいさせてくれたって……」

「やっぱりジェイミーなんだな」ガイはマーニーの反発を無視して言った。「このあいだ警告したはずだ。きみの兄貴の問題には二度とかかわりたくないと。ぼくは本気で言ったんだぞ」

「今回は事情がちがうのよ」マーニーは唇を固くむすんだ。正しいことをしていても憂鬱になる時はある。「でなかったら、お願いに来たりしないわ。わたしはクレアのことが心配で……」

「クレアだって？」ガイの声がとがり、目の色が変わった。「やつはクレアになにをしたんだ？」

「なにもしてないわ！」ガイのなじるような口調が頭にきた。「ジェイミーはクレアを崇拝してるのよ。傷つけたりするもんですか。そんなこと考えるなんて、あなたどうかしてるんじゃない？」

「ぼくはきみを崇拝していたにもかかわらず、ひどく傷つけてしまった」

「嘘《うそ》ばっかり。あなたが崇拝してたのは、わたしの体だけよ。それが手に入らなくなると、すぐほかの女に乗りかえたじゃないの。そんな身勝手なあなたとジェイミーを一緒にしてほしくないわ！　ジェイミーはクレアを愛してるんだから。愛するってことはね、死ぬまで思いやりと貞節を忘れないことよ。あなたにはわからないでしょうけど！」

「言いたいことはそれだけか？」

「ええ」なかばとじたガイの瞳に怒りが宿るのを見て、マーニーは口をつぐんだ。

「ジェイミーがそれほど思いやりのある男なら、なぜぼくに助けを求めるんだ？」

「なぜって……」マーニーは深呼吸した。ここでいつもの短気を起こしてはだめだ。ガイと一緒にいると腹が立って、自分がなにを言っているのかわからなくなる！「クレアが妊娠したからよ」

「なんだって……こんなに早く？」ガイはいらだたしげに歯噛《はが》みした。「それがジェイミーの思いやりなのか」怒気をふくんだ声でガイがつぶやく。「なんて無責任な男だ！」

マーニーもそう思ったが、あえて口には出さなかった。わたしまでジェイミーの悪口を言う必要はない。ガイはあら探しの名人だから、ジェイミーの欠点を次から次へとあげてみせるだろう。帽子のなかから兎《うさぎ》をとり出す手品師みたいに！

「なにがあったんだ？　クレアが体調を崩したから医療費が必要なのか？」ガイは上着の内ポケットに入れた小切手帳に手をのばしていた。グラスをおいて、マーニーに求められた金額をそのまま小切手に記入する用意をしている。

マーニーは必要な金額を口にしたい誘惑に駆られた。ガイはその額の大きさに驚きはしても、援助を拒みはしないだろう。かわいいクレアのためなら、きっとなんでもしてくれる。

でも、だめだ――嘘はいけない。ガイに助けてもらうなら、真実を話さなければ。

「待って」マーニーは思わず唾《つば》をのみこんだ。金銭的な援助を求めているのはクレアだと思いこんでいるガイに真実を告げるのは難しかった。「話はまだ終わってないわ。すっかり聞いたあとで、どうするか決めてちょうだい。クレアはたしかに妊娠してるけど、今のところ流産の危険はないの。ただ、いつそうなってもおかしくない状況だから、わたしがここへ来たというわけなの」

「ジェイミーのせいだな」ガイはそう言って椅子の背に体をあずけ、小切手帳をわきへほうった。

マーニーはうなずいた。今は正直に話すべき時だ。クレアが困っていると聞いて、躊《ちゅう》躇《ちょ》なく助けようとしてくれたガイに報いるためにも。マーニーはガイの優しさに心温まる思いだった。

「ついこのあいだ、ジェイミーは一九五五年型のジャガーＸＫ一四〇コンヴァーティブルを完成させたの」

「その車ならうちにもあるぞ」ガイは急に熱心になった。「コンディションはどう――」

「きのう、ジェイミーが車をオーナーに届けようとした時……」マーニーはガイの言葉をさえぎった。大好きな車の話になると、ガイはすぐ脱線してしまう。「対向車線を走ってきたトラックが、路面にこぼれた油でスリップして突っこんできたの。おかげでジャガーはめちゃめちゃ」

「なんてことだ。修理できないのか?」

「燃えてしまったのよ」

「もったいない。重傷者が出たのかい?」

「わたしの兄は不死身だから」マーニーはため息をついた。「怪我もたいしたことなかったわ。火が出る前に車の残骸《ざんがい》から這《は》い出したのよ。顔に青痣《あざ》を作って、腕の骨を折りはしたけど」

「あの美しい車をつぶすなんて」ガイはカーマニアらしい反応を見せた。「正気とは思えない」

「そうね。保険もかけてなかったんだから」

やっと話が本筋にもどってきた。愕然《がくぜん》としたガイの顔に、心底うんざりした表情が浮かんだ。「いくらいるんだ?」

必要な金額を聞かされて、ガイが大声で悪態をついた。無理もない。

「あの野郎、お人好《よ》しのガイに助けてもらおうって魂胆だな」辛辣きわまりない言い方だった。「マーニー、今すぐ帰ってやれ！　ぼくを当てにしても無駄だってな！　きみの軽率な兄貴の面倒をみるのはもうごめんだ。あの愚か者……」

「あなたは大事なことを忘れてるわ」血の気の多いガイが怒りに我を忘れる前に、マーニーは穏やかに注意をうながした。

「なんだって？」

「クレアのことよ」

「クレア？」一瞬ガイは茫然《ぼうぜん》としたが、みるみるうちに顔から血の気がひいていった。

「クレアも車に乗っていたのか？」

「いいえ！　ちがうわ——わたしが言いたかったのは、そういうことじゃないの。でも、今クレアは妊娠してるのよ。時期を待つべきだったのに！　ジェイミーが怪我をして帰ってきたのを見て、クレアは大変なショックを受けたはずだわ。そのクレアに保険のことを知られたらどうなると思う？　車を弁償するために、五万ポンド以上はらわなきゃならないのよ」

沈黙があった。ガイは厳しい目でマーニーを見ながら、事情をのみこもうとしている。マーニーは青く美しい目をみはり、心のなかで祈っていた。お願い、今度だけでいいから、わたしたちを助けて。見返りなんか要求しないで……。

「借りたお金は必ず返すってジェイミーが言ってたわ」ガイが黙っているので、マーニーはすかさず言いそえた。「それから……MGのK三マグネットを頭金としてもらってくれないかって……」

「あのばか、ぼくが受けとると思っているのか！　マーニー、この前はっきり言ったはずだぞ。ぼくはあいつのために充分すぎるほど尽くしてきたつもりだ。ぼくたちの結婚をだめにした張本人であるにもかかわらず」

「結婚がだめになったのはジェイミーのせいじゃないわ」疲れた声だった。「あなたのせいよ」

ガイはかぶりをふった。「ぼくたちは今でも夫婦でいたはずだ」ガイは自分のことしか頭になく、なんでもひとのせいにした。「ともに暮らし、愛しあっていたはずなんだ。あのばかが、ぼくの個人的な問題に首を突っこみさえしなければ」

「〝個人的な問題〟とはよく言ったわね」

「よさないか！」ガイが憤然と立ちあがり、つややかな黒髪をいらだたしげに指でとかした。「ぼくはそういう意味で言ったんじゃない。きみにもわかっているはずだ！」ガイはマーニーをにらみつけ、気を鎮めようとして一つ大きく息をした。「きみの兄貴のおかげで――」

「その話はしたくないわ」今度はマーニーがさえぎる番だった。過去をむし返そうとするガイの邪魔をするのが、いつの間にやら習慣になってしまった。「もう終わったことだもの」

「いや、終わりにするつもりはない。まだけりはついてないんだからな」ガイはマーニーを挑発するように指をふった。「けりがつくのは、きみがぼくの話に耳をかたむける時だ。覚えておくがいい。きみはその美しい瞳に憎しみをたたえてぼくを見ているが、いつかきっと話を聞かせてやるからな。そうなったら、あやまるのはきみで、復讐《ふくしゅう》するのはぼくのほうだ！」

「そうでしょうとも」侮蔑《ぶべつ》をこめた声だった。「さっきも言ったと思うけど、過去の話はしたくないの。わたしがここへ来たのは……」

「頼りない兄貴のために金をせびるためだろう」ガイが辛辣にしめくくった。

「ちがう。クレアのためよ！」マーニーも立ちあがった。忿懣《ふんまん》やるかたない思いが華奢《きゃしゃ》な体からにじみ出ている。「わたしだって、もうジェイミーの面倒をみるのはごめんだわ。今度もはっきり言ったのよ、二度とあなたを巻きこみたくないって！　でも」マーニーは吐息をもらし、思いつめた目をあげた。「今度ばかりは事情がちがうのよ。ガイ、わかるでしょう？　これはあなたとジェイミーとわたしだけの問題じゃない。クレアの問題でもあるのよ！　今まで悪意なんてものを知らずに生きてきた、あの優しいクレアのね！　いくらジェイミーが憎いからって、クレアにも背をむけるつもり？」

ガイは援助を拒否しようとしている。あの固くむすばれた唇を見ればすぐわかる。どうしよう。「お願い……」マーニーは震える手をのばし、ガイのたくましい二の腕にすがった。「助けて……」

ガイはマーニーの深いブルーの瞳をくい入るように見ていた。ガイの黒い瞳に見つめられると、なぜか心が騒ぐ。マーニーは甘く切ない思い出に泣きたくなった。かつて、わたしはこの瞳に溺《おぼ》れた。このまなざしが意味するものを誤解して、傷つきやすい愛と信頼を捧《ささ》げてしまったのだ。

ガイが目をふせ、二の腕をつかんだマーニーの手を見た。力強さを感じさせる頬骨に、美しいまつげが濃い影を落としている。ガイが視線をあげた。ふたりの目が合い、ガイの口元がなごんだ。沈黙のなか、緊張感が高まっていく――生々しく、官能的な緊張感が……。いやだわ、こんな時に！　マーニーは身動きした。指を軽く曲げて官能のうずきをまぎらわせ、ふいに乾いた唇を舌でしめらせて、ゆっくりとあえぐように息をする。

ガイはそんなマーニーのようすを見ていた。不可解な表情がその顔をよぎり……黒い瞳がいっそう濃さを増していった。マーニーは息をのみ、ガイが願いを聞き届けてくれることを祈った。

「お願い……」声がかすれた。「今度だけでいいから個人的な恨みは忘れて。クレアのために」

ガイは迷っている。マーニーの瞳が希望に燃えあがった。ガイがマーニーに顔を近づけて、優しいけれども容赦ない口調でき返した。その意図は明白だ。「きみはどうなんだ？　かわいいクレアのために恨みを忘れられるのか？」

期待に高鳴っていた胸が重くなり、体が急に冷たくなった。マーニーは身じろぎ一つせず、浅黒く鋭角的な顔を見つめていた。ガイは譲歩しないつもりだわ。今度もこのひとを説きふせることができると思ったわたしがばかだった。二度とただで援助はしない、と言われていたのに……。

ガイは、すると言ったことは必ず実行する男だ。今日のガイがあるのは、何事にも、日日の暮らしにさえも、妥協を許さない意志の強さのおかげだった。ふたりが夫婦だった時も、別れたあとも、いつだってガイは自分の意思を通してきた。

マーニーはガイの腕をつかんでいた手をはなし、ふらつく足で一歩さがって背をむけた。返事を聞いて喜ぶガイの顔は見たくない。「ええ」ささやくような声だった。「覚悟はできてるわ」

ガイは意外な反応を見せた。四年も待ち望んでいた答えを聞いたはずなのに、勝ち誇ったそぶりも見せず、顔をそむけて窓辺に立った。

「ということは？」ガイは背をむけたまま、最後の問いを口にした。マーニーはガイのこわばった背中を暗い目で見ていた。

って」

「どんな要求にも応じるつもりよ」マーニーはきっぱり言い切った。「なにがほしいか言った。

「きみだ」ふりむいたガイの表情は冷ややかで、一歩もひかない決意を秘めているようだった。「ぼくはもう一度きみとやりなおしたい」

予想どおりの答えが返ってきた。そう言われるとわかっていたはずなのに、なぜ顔から血の気がひいていくのだろう。なぜ衝撃のあまり息もできなくなって座りこんでしまったのだろう。「ああ、だめよ、ガイ」消え入りそうな声だった。「そんなことできないわ！」

打ちひしがれたマーニーの小さな叫びが神経にさわったのか、ただでさえ近寄りがたいガイが、冷たい石像のように心をとざした。

「ぼくは警告したはずだ。きみの兄貴の問題に巻きこまれるのは二度とごめんだと」ガイの声はかすれていた。「きみへの……罪ほろぼしも、そろそろ終わりにしたいとも言った」

ガイは鋭い息をついた。マーニーはガイの言葉から身を守ろうとするかのように、震える体を自分の両手できつく抱きしめている。「おたがいに、このばかげた袋小路から出てもいいころだ！」

「わたしはあなたの所有物じゃないわ！」

「きみはぼくのものだ！」ガイはそう言いはなち、マーニーの目の前に立った。ガイの激しい怒りが伝わってくる。「今日ここに来てくれたおかげで、きみをとりもどしに行く手間がはぶけたよ！」

「あなたはジェイミーの弱みにつけこむの？　強者が弱者を利用するってわけ？」

ガイはマーニーの非難を受け流し、そっけなくうなずいた。「ジェイミーがきみを利用したようにな。世の中は持ちつ持たれつなんだよ」

「クレアは？」

「クレアはきみの弱みさ、マーニー。ぼくのでも、ジェイミーのでもない。なぜだろう？」

マーニーは探るような視線から顔をそむけた。どうして義姉のことになると弱気になるのか、ガイに教えるわけにはいかない――絶対に。

「それじゃ、今度はどんな肩書きをわたしにくださるの？」刺《とげ》のあるきき方だった。もうガイの言いなりになるしかない。蔑《さげす》みをこめた冷たい視線をあげると、ガイの表情がこわばった。「妻？　それとも愛人？　あなたにとっては同じでも、お父様は正式な結婚以外みとめてくださらないでしょうね。言うまでもないことだけど」

「父のためなら、もちろん」ガイは自分にはどうでもいいことのように肩をすくめた。「正式に結婚するさ。といっても、きみがぼくの妻でないと思ったことは、この四年間で一度もないが」すました顔でガイが言った。

マーニーは唇をゆがめた。「ふたりが結婚してた一年間と、別れて暮らした四年間のあなたの行動を調べたら、姦通罪《かんつう》が十回は成立するでしょうね」マーニーの瞳が非難の矢をはなっていた。「それとも二十回？　もっとかしら？」

「なんて女だ！」ガイは吐き捨てるように言い、マーニーに手をのばした。「よけいな詮《せん》索《さく》はするな！　妻たるものは、つねに夫のそばにいて、ベッドで夫を満足させるものなんだぞ！　その義務を怠ったきみに、ぼくがどこで欲望を処理したかを問う権利はない！　今はもちろん、これからもそうだ！」

「ふうん」マーニーは冷笑を浮かべた。「女はみんな同じだと思ってるのね。これからも火遊びをつづけるつもりなら覚えておいて、神が女に与えたもうたミスター・フラボーサ。あなたはわたしをとりもどしたつもりでいるかもしれないけど、わたしはあなたが最低の男だって証拠を手に入れたら、すぐ出ていきますからね！」

「マーニー、口のきき方に気をつけろ！」ガイは全身に怒りをみなぎらせ、マーニーの肩をわしづかみにした。「きみの毒舌にはうんざりだ。ぼくはもう充分すぎるほど罪をつぐなってきたんだ。これ以上つけこまれてたまるか！」

マーニーは過去の痛みに身を震わせて真っ赤になった。いやだいやだと思いつつ、すぐそばにいるガイを意識して体がほてり、わなないてしまう。マーニーは蔑みをこめてガイをにらんだ。

「〝女よ、我にしたがえ。我、汝《なんじ》の夫なれば〟とでも言いたいの！」

「ああ」声にならない声だった。肩をつかんでいたガイの手に力がこもり、マーニーは腰を浮かしそうになった。「そのとおりだ！　ぼくを挑発するのはよせ」ガイはマーニーを突きはなし、肩をそびやかして立った。「いさぎよくあきらめるんだ。ありがたいことに、ようやくこの問題にけりがついた。ふたりは今この瞬間から、一緒に暮らすんだ。二度とぼくを罵倒《ばとう》するな。わかったか？」

ええ、わかっていますとも。怒りがたちまち憂鬱にとってかわり、マーニーは闘いに敗れたことを知った。

ガイはいつまでもその場を動こうとせず、うなだれたマーニーを見おろしていた。マーニーは緊張のあまり、神経がすり切れそうだった。やがて、ガイが心の奥からわいてきたようなため息をついた。ガイはなにも言わずに去っていき、すさまじい音をたててドアをしめた。

4

マーニーは一つ大きく息をした。やわらかなソファに頭をもたせかけ、まぶたをとじる。なんということだろう。四年間、平穏で満ち足りた日々を過ごしてきたというのに、また地獄のような生活に逆もどりだ。ガイと暮らすのは生易しいことではなかった。激しやすいガイの性格が災いして、一緒にいるのが苦痛になるのだ。マーニー自身も気が強いほうだから、おたがいに火花を散らしあうことになる。ふたりの関係がうまくいったのは、ベッドのなかだけだった。結婚生活の終わりには、それもしっくりいかなくなってしまったけれど。

よりをもどしてしまえば、過去なんか帳消しにできるとガイは思ってるのかしら？　それとも、わたしがもどるべき場所にもどりさえすれば満足なの？　ガイはとてつもないプライドの持ち主だ。マーニーに捨てられて、ガイのプライドはいたく傷ついたにちがいない。ふたりがまた一緒になれば、ガイの心の傷も癒《いや》される。女を夢中にさせる男、ガイ・フラボーサの面目躍如というわけだ。

ガイが部屋にもどってきた。マーニーは気力をふりしぼって立ちあがった。「バスルームを使いたいんだけど」淡々とした声で言う。

「どうぞ」ガイが会釈してみせた。闘いが終わって、ぎこちない雰囲気がただよっている。ガイはマーニーのために居間のドアをあけ、こぢんまりしたホールにある別のドアをさししめした。ガイにうながされて入ってみると、そこは寝室だった。

「突きあたりのドアの奥にバスルームがある。顔でも洗ってさっぱりするといい。ぼくはなにか食べるものをオーダーしておく」ガイがまた会釈して出ていくのを見て、マーニーはほっとした。

マーニーが居間にもどってきた時、ガイは電話で誰かと話していた。歯切れよく傲慢《ごうまん》な口調は、部下に命令をくだす時のものだ。マーニーの顔がほころんだ。電話の相手が、無愛想な例の秘書だといいんだけど……。さいわい、マーニーはガイにあんな口のきき方をされたことがなかった。あの口調を耳にするだけで背すじが寒くなってくる。

ガイはマーニーがいることに気づいてはいなかった。ハンドメイドのつややかな革靴に視線を落とし、大きな机に体をもたせかけている。ガイは机のない部屋に泊まったことがなかった。マーニーは足を止め、長身で贅肉《ぜいにく》のない彼の体を画家の目で眺めた。

ガイは五年前からほとんど変わっていない。マーニーはたくましい脚に視線を走らせた。絹とウールの高価な混紡生地で仕立てられたズボンの折り目が、ひきしまった腰の線をひき立てている。

かつて、マーニーはガイのさまざまな顔を絵筆で写したものだった。

銀色のレーシング・スーツに身を包んだ、ダイナミックなカーレーサーのガイ。きたるべき闘いを待ちかねて、ヘルメットのアイ・シールドに隠された瞳を光り輝かせている場面。

素肌にローブをまとい、アームチェアでくつろいでいる怠け者のガイ。髪はくしゃくしゃ、髭剃《ひげそ》り前の顎は青々していて、ごくありふれたひとのように新聞の日曜版に読みふけっている場面。

二枚の絵はおかしいくらい対照的だが、ぞくぞくするほど心惹《ひ》かれるものがあった。どちらの絵にも、ガイのエネルギッシュな魅力があふれているからだ。レーシング・スーツを着ている時も、だらしない格好をしている時も……今のように、やり手の実業家らしくエレガントに装っている時も。

マーニーは糊《のり》のきいた白いシャツに包まれた筋肉質の体に目をやった。なにを着ていても、ガイの本質ともいうべき男っぽさがにじみ出ている。彼の、生々しく官能的な魅力にふれると、体が激しく反応してしまう。心はさめたままなのに……。

ガイが何事かつぶやいて、マーニーは視線をあげた。ふたりの目が合い、マーニーは真っ赤になった。じろじろ見ていたことを気づかれてしまった。マーニーは体をこわばらせ、昂然《こうぜん》と頭をそらした。ガイはマーニーが平静を装う一瞬の動揺に気づいたのだろう。からかうような目をして、ゆっくりと受話器をおいた。

　ふたりのあいだの緊張が高まっていく。ガイがセクシーすぎるからいけないのよ！　ほんとうに癪《しやく》にさわる！　男らしさを見せつけたりして。それに反応するわたしもどうかしてるけど。

「わたし……わたし、バッグをとりに来たの」マーニーは無理やり目をそらし、贅沢な居間に視線を泳がせた。「どこにおいたのかしら」目を合わさないようにしていたので、ガイの表情の変化には気づかなかった。「たしかこのへんだったと思うけど」マーニーはソファに近づき、バッグをおいたはずの場所をいぶかしげに見おろした。

「どうしてバッグがいるんだ？」

「なかに櫛《くし》が入ってるのよ」マーニーはぎこちなく手をあげて髪にふれた。地味なシニョンが崩されて、絹糸を思わせる豊かな髪が肩から背中にかかっている。「髪をほどいたあとで、櫛がないのに気づいたの」

「ほら」マーニーはガイがバッグを渡してくれるものと思ってふりむいたが、べっこうの櫛をさし出されて彼女は眉をひそめた。

「いいえ、けっこうよ」マーニーはとりすました顔で断って、ふたたびバッグを探しはじめた。「自分の櫛があるから。バッグさえ見つかれば……」

その瞬間、マーニーははっとした。ガイがさりげなさを装っているわけに気づいたのだ。ふり返ってガイをにらみつける。「あなたがバッグを隠したのね！」マーニーは両手を腰にあて、無意識に挑むようなポーズをとった。

ガイは挑発的なマーニーの姿を見て楽しんでいる。神経を逆撫《さかな》でするような笑みをたたえて、マーニーの肢体に視線を這《は》わせた。体にまつわりつく紫のドレスは、女らしい曲線や、激しく波打つ胸の動きを隠してはいなかった。「今の自分がどう見えるか、わかっているのかい？」

「見るにたえない姿でしょうね」マーニーはガイの言葉を受け流した。「ガイ、わたしのバッグをどこへやったの？　返してちょうだい」彼女はほっそりした手をさし出した。

ガイはマーニーの手に目をやって、すぐその顔に視線をもどした。物憂げにほほ笑みながら、ゆっくりと首を横にふる。「だめだ。もう一度きみが正式にぼくの妻になるまで、あのバッグの中身を渡すわけにはいかない」

「どういう意味？」マーニーはわけがわからなかった。

「言葉どおりの意味さ。しばらくのあいだ、きみにはぼくの目が届く範囲にいてもらいたいんだ。必要なものがあれば、すべてぼくが用意する。そのきれいな髪をとかす櫛もふくめて」

「でも、ガイ」信じられない。「そんな……」

「交渉の余地はない」机に寄りかかっていたガイがべっこうの櫛を持って近づいた。「きみは信用できないからな、約束を守るかどうか」心ない言い方だった。「きみがバスルームを使っているあいだに、ぼくの役目ははたしておいた。だから、きみが約束を反故《ほご》にしないという保証がほしいんだ。さあ、この櫛を使うといい」

しかたなく、マーニーはガイの櫛を手にとった。「ばかげてるわ、こんなこと！」マーニーは言葉につまった。「ガイ、わたしは約束を破ったりしないわ！　子供じみた真似《まね》はやめてバッグを返してよ。櫛のほかにも必要なものがあるんだから！」

「口紅でもほしいのかい？　ぼくは今のままが好きだな。やわらかく自然な色の唇が」ガイが我が物顔で手をのばし、親指でマーニーの下唇を撫でた。敏感な唇に血液が流れこんでくる。マーニーは怒ってガイの手をはらいのけた。

「口紅でなければ、クレジットカードでもいるのかい？」ガイは平然としている。「それとも紙幣のつまった財布かな？　財布があれば、ここから逃げ出すのも簡単だ」

「わたしは逃げたりなんかしないわ！」

「ぼくだって、きみをむざむざ逃がしはしないさ。いいかげんにあきらめろ。知ってのとおり、ぼくは失敗を教訓にする男だ。きみは姿をくらますのが得意だから、予防策として必要な手段をとらせてもらったまでだ」

マーニーは敗北感に打ちひしがれ、ソファのやわらかな肘かけに座ってため息をついた。

ガイの最後の一言を耳にして腹立ちもおさまった。

四年前、ガイはマーニーがバークシャーの屋敷にとどまると信じていた。ロンドンから田舎へ居を移せば、マーニーも仲直りをする気になるだろう、と愚かにも考えたからだ。だが、マーニーは車で走り去るガイを見送ってすぐ家を出た。義父のロベルトはマーニーが部屋にいると思っていたようだ。マーニーは着のみ着のまま抜け出して、バッグのなかの現金をはたき、ガイの手が届かないところへ逃げていった。

マーニーが腰を落ち着けたのは、イングランド東部の湿地帯にある小さな村だった。それから六カ月、マーニーはその村でひっそり暮らし、ふたたび世間に出てガイと対決する心の準備をした。

とはいうものの、ガイは四年前の失敗をくり返すような男ではない。二度とあの手は使えないだろう。

その時、ノックの音が重苦しい沈黙を破った。ガイはなにか言いたげなそぶりを見せたが、一つ大きく息をつき、肉食獣を思わせるしなやかな足どりで居間から出ていった。

ガイはディナー・ワゴンをおしてもどってくると、無表情な顔でマーニーをちらりと見た。マーニーはソファの肘かけに座ったまま、絨毯《じゅうたん》についたかすかなしみを虚《うつ》ろな目で見つめていた。

「こっちへ来て食べるといい」不愛想な声だ。

マーニーは軽く首をふって立ちあがった。頭をはっきりさせなくてはならない。「さきに髪を整えてくるわ」マーニーは居間を出た。一瞬よみがえった過去の苦悩に翳《かげ》った瞳を、ガイに見られたくなかったのだ。

五分後、髪をとかしたマーニーは、ふだんの落ち着きらしきものをとりもどしていた。自分が今いる部屋に初めて注意をむけてみる。今夜はどこで寝ることになるのかしら。そこはクラシックな雰囲気のただよう部屋だった。色調はウェッジウッド・ブルーとベージュでまとめられ、大きなダブルベッドが室内を占領している。

ガイの存在が……なつかしいガイの存在が、部屋じゅうに感じられた。愛用している黒いシルクのローブが椅子の背にかけてある。マーニーを迎えに空港へ行く前に着替えたらしい白いシャツが、ベッドの上に脱ぎ捨ててあった。

そして、ベッドサイド・テーブルには、ほったらかしにされたコインの山。ガイは小銭の音を嫌って、すぐにポケットから出してしまう。マーニーはそれを集めてコーヒーの空き瓶に入れ、金額を確かめて、慈善事業に寄付したものだ。裕福な生活に縁がなかったせいか、お金を大事にする気持はマーニーのほうが強かった。

ガイは小銭をためこむマーニーを見て面白がった。でも、マーニーはガイをにらみつけ、こう言ったことがある。「笑いたければ笑いなさいよ。でも、今月いくら小銭を捨てておいたかわかってるの？　百九十五ポンドよ。救世軍があなたみたいに気難しくなくてよかったわ。ポケットのなかでじゃらじゃらいうコインをあげても、文句は言われないもの」

「それなら、ぼくにも感謝してもらわないとな」マーニーにたしなめられても、ガイはいっこうに反省する気配はなかった。

マーニーは口元をほころばし、テーブルの上のコインをよりわけた。五ポンドはありそうだ。残念だわ。この小銭を集めて救世軍に寄付することができないなんて。

いいえ、できるわよ。ガイとよりをもどしたんだから。マーニーはかすかに身震いした。今度こそ、ガイはわたしを逃がさないだろう。なんだか胃がよじれそうな気分だ。マーニーは息をこらして、趣味のいい部屋を見まわした。

ガイは今夜、わたしをこのベッドでやすませるつもりかしら。マーニーは黒い絹のローブに目をやった。ローブを脱ぎ捨てるガイの姿が目に浮かぶ。どぎまぎするほど気品に満ちた、筋肉質のしなやかな裸身。パジャマは部屋のどこにもないはずだ。ガイはベッドでなにも身につけないから。

〝ただし、きみは別だ〟以前マーニーがパジャマのことをきいた時、ガイはにやりとして言った。〝きみがいないと寒くて困る〟

だめ。マーニーはあえぐように息をした。わたしにはできない。とても無理だわ！　何事もなかったみたいにガイとベッドをともにするなんて！

マーニーは弾《はじ》かれたように体のむきを変えた。いまいましいベッドに最後の一瞥《いちべつ》をくれてから部屋を出る。震える下唇を噛《か》みながら、マーニーはホールにならんだ別のドアに目をやった。

ほかにも寝室があるのかしら。期待に胸をはずませて隣のドアをあけてみると、やはりそこは寝室だった。ああ、よかった。安堵《あんど》のあまり、彼女は体から力が抜けるのを感じた。

静かに部屋のドアをしめ、マーニーは考えを巡らした。慎重にことを運んだら、この部屋で眠れるかもしれない――わたしひとりで。ガイの長所も短所も知りつくしたわたしだもの、ちょっと頭を使えば思いどおりの結果が出るわ。

「なにをしているんだ?」マーニーはぎょっとしてふり返った。ガイが居間のドアのところに立っている。

「わたしがとじこめられる牢獄《ろうごく》を見せてもらってただけよ。文句ある?」挑むような言葉にガイへの反感がこもっていた。

「別に文句はないさ」ガイはひらいたドアにもたれ、両手をポケットに突っこんで、探るような目でマーニーを見ている。「で、なにか見つかったかい? ぼくの〝かわいいお気に入り〟はどこにもいなかっただろう?」ばかにした言い方だった。

マーニーはそんなつもりで部屋を見たのではない。が、そう言われて思い出した――ガイはどこへ行くにも女性同伴で行くと決めているのだ。

「どこに隠したの? お隣のスイートルームかしら?」

「どこにいようと、その子には今夜はひとり寝をしてもらうしかないな」そんなことはどうでもいいと言いたげに、ガイがえらそうに肩をすくめる。その目を見れば、なにを期待しているかは明らかだった。

おあいにくさま、あなたも今夜はひとり寝よ、と言いたい気持を抑えて、マーニーは沈黙を守った。

ガイはマーニーのたくらみに気づかなかったが、どこかおかしいと感じたのだろう。いぶかしげな目でマーニーを見ている。はりつめた空気が流れた。やがて、ガイは吐息をもらし、もたれていたドアから身を起こした。

「ディナーがさめる」ささやくような声だった。

「そう？　だったら早く食べましょう」マーニーは態度を一変させ、ガイに明るくほほ笑みかけると、さきに立って居間に入った。「なにをオーダーしたの？」料理がさめないよう温められた給仕用ワゴンに近づいて、皿にかぶせてある蓋《ふた》をあけてみる。「まあ、おいしそう。これ、鱒《ます》でしょう？　嬉《うれ》しいわ、ガイ、鱒なんて何年ぶりかしら！　わたしの大好物を覚えててくれたのね！　オードブルは？」

ガイの不審そうな表情に気づかないふりをして、別の蓋を持ちあげた。

「メロンだわ。すてき！」マーニーはテーブルについた。「あなたの長所を一つあげるとしたら、いつもわたしが食べたいものをオーダーしてくれることね」

マーニーはとかしたばかりの髪をはらいのけ、こぼれんばかりの笑みを浮かべた。ガイはおかしな顔をしている。くるくる変わるマーニーの気分についていけないのだ。ガイにとって、マーニーの心の動きはつねに謎《なぞ》らしかった。

十五もの年齢差は、初めからふたりの関係を複雑にする要素だった。世慣れたガイにしてみれば、マーニーは理解をこえたところがあった。マーニーにとっては、ガイは女性を見る目が肥えているはずなのに、やぼったくて年のはなれた自分をなぜ選んだのか、わからなかった。

きっと、ガイの体に流れるイタリアの血のせいだわ。マーニーは自分で結論を出していた。ガイは性体験のない女性を妻にしたかったのだ。今どきの洗練された大人の女性が、汚れを知らぬ乙女である可能性は、ほぼゼロに近い。ガイがわたしを選んだのは、わたしに男性経験がなかったからにすぎない。そう信じたマーニーは、気まぐれな愛情とふざけ半分の態度でガイを煙に巻き、決して本心を悟らせようとしなかった。

自分はそれほど愚かではない、とマーニーは思っていた。十六の時に母親を亡くして以来、ジェイミーとふたりで厳しい世間に立ちむかってきたのだから。ジェイミーは兄といっても頼りにならず、マーニーは自力で生きることを学ばねばならなかった。

揺るがぬ決意とたゆまぬ努力で義務教育を終えたのち、マーニーはアート・カレッジに進んだ。学費を捻出《ねんしゅつ》するためにワイン・バーで働いたので、男性のあしらい方はうまくなったが、誰かに誘惑されたいと思ったことは一度もなかった。

現金収入になるなら、マーニーはどんな絵でも描《か》いた。おかげで、カレッジの二年になるころには、画家としてみとめられるようになっていた。とはいえ、その才能をもてはやされたわけではなく、ささやかな画料が定期的に入ってくるだけだった。

それでも二十歳になるまでに、マーニーはこぢんまりしたフラットと小型車を手に入れていた。車の整備は兄まかせだったが、絵の依頼はカレッジを中退しなければならないほど増え、画家としての評価はひとりでにあがっていくようだった。

にもかかわらず、ガイの前では愚かな女になってしまう。ガイに恋したことは、わたしの慌ただしい人生で最大の愚行だった！

でも、ガイに手玉にとられたことをみとめたわけではない。今までずっと、ガイへの思いを打ち消そうとしてきたんだから。ふたりの交際の初めから、結婚生活の終わりまで、危険に満ちた熱い日々が飛ぶように過ぎていったけど……。

ガイは汚れを知らぬ妻と、ベッドで欲望を満たしてくれる愛人を求め、望みどおりのものを手に入れた——それ以下でも、それ以上でもない。

そしてわたしは、それなりのご褒美をもらったわ。高価なドレスやスポーツカーはもちろん、情熱的な夜を与えてくれる夫というご褒美を……。ベッドで愛を交わしたあと、わたしは満たされ、疲れはて、切ない愛を告白したくなるのを必死に我慢したものだった。

でも、それはもう過ぎたこと。マーニーはふと視線をあげた。相変わらずガイがいぶかしげな目でこっちを見ている。マーニーが人形のようにあでやかな笑みを浮かべると、ガイが不機嫌そうに唇をゆがめた。あのころの愛は死んでしまった。ガイの心ない仕打ちのせいで……。今のふたりに残されたものは、たがいの心にわだかまった憎しみと、わたしを束縛しようとするガイの執念だけだ。

もう考えるのはよそう。マーニーはディナー・ワゴンに注意をむけて、オードブルのメロンを皿に移そうとした。そのとたん、マーニーの細い手首をガイがつかんだ。ふりむくと、思いつめたような目でガイがじっと見ている。

「作り笑いの陰でなにをたくらんでいるのか知らないが、おかしな真似はするなよ」

ガイの警告が身にしみた。ガイも自分はばかではないと思っているのだ。「わたしはディナーを食べたいだけよ。食事と寝場所を提供してくれる約束でしょう？　だからまず食事をさせて。寝場所はあとで決めるから」

「きみはぼくのベッドで寝るんだ」マーニーが言葉の罠《わな》にかかったので、ガイは残酷な喜びを感じているようだった。つかんでいた手をはなし、ゆったりと椅子の背にもたれた。実際に罠に落ちたのは自分だと気づきもしないで。

「わたしはわたしのベッドで寝るわ」マーニーはきれいに盛りつけされたメロンを二枚の皿にたっぷりよそって、その一枚をガイに渡した。「もう一度式を挙げるまで、あなたと寝るつもりはありませんから」にべもない言い方だった。

「きみはぼくが命じた場所で、ぼくが許可した時間に寝るんだ」ガイも負けてはいなかった。

マーニーはメロンに注意をもどし、小さく切った果肉を口に入れた。申し分のない味だ。

「なんておいしいのかしら。あなたも食べてみて。隠し味になにか使ってるみたいよ。ものすごく印象的な風味があるわ」

ガイはマーニーの言葉を無視した。「さっき取り引きしたはずだぞ、マーニー。ぼくがきみの兄貴を助けるかわりに」

「あ、いけない」マーニーは最後まで言わせなかった。「ジェイミーに電話して、もう心配いらないって教えてあげなきゃ。すっかり忘れてたわ」

「その必要はない」ガイがマーニーの思考の流れをさえぎった。「ぼくが電話しておいた」

「そう」マーニーは憂鬱《ゆううつ》そうにガイを見た。「ひどいこと言わなかったでしょうね。それでなくても、ジェイミーはあなたを恐れてるんだから」

「妹が兄のような正常な感覚を持っていないのが残念だ」ガイがつぶやいた。

「愛想笑いを浮かべた愚かな女を妻にしたいなら、わたしなんか不適任だと思うけど」

「まったくだ」ガイの口元がほころんだ。やっとメロンを味わう余裕ができたようだ。

「初めて会った時から、いやな予感がしていたんだ。あの時、尻尾《しっぽ》を巻いて逃げ出さなかったのが命とりさ」

ガイの瞳がきらめいて、マーニーは顔をしかめた。ガイが言いたいことはわかっている。マーニーと出会うまで、ガイはとり巻きの女性たちの媚《こ》びるような態度を当然と考えていた。彼女たちは流し目を使い、ありとあらゆる手管を弄《ろう》して、ガイの気を惹《ひ》こうとした。それに応《こた》えるか否かは、ガイの気分しだいだったのだ。

マーニーはガイをふりむかせる努力をしないどころか、つれないそぶりばかり見せていた。ガイはそんなマーニーを口説こうとして躍起になった。が、いつまでたっても成果があがらず、ガイはいらだち、不機嫌になっていった。

一方、マーニーはガイと恋に落ちそうになりながら、気のない態度をとりつづけ、ガイのアプローチを面白がっているふりまでしてみせた。

メインディッシュの鱒は期待どおりの味だった。ふたりは深刻な話題を避けて、なごやかに食事を終えた。わるくない雰囲気だ、とマーニーは思った。今夜どこで寝るかについて、はっきりした答えを出さずにすんだ。しばらくはこの話題にふれないでおこう。心配はない。今度こそ、わたしの勝ちだ。自分なりの名誉を重んじるガイの性分に訴えれば、きっと勝てる。

もう十時過ぎだった。ふたりは食後のコーヒーを飲み、椅子の背に体をあずけていた。マーニーはのびをしながら、眠そうにあくびをした。そろそろベッドに入ってもいいころだ。

「寝間着がわりにシャツを貸してくれない?」立ちあがりながら、マーニーがきいた。

ガイがゆっくり腰を浮かせた。今までのなごやかな雰囲気が台なしだ。「今夜はシャツなんかいらないさ。風邪をひかないように、ぼくの体で暖めてやるから」

マーニーはダイニング・テーブルのむこうで身じろぎ一つしなかった。ふり返ったマーニーの顔には深刻な表情が浮かんでいる。

「ねえ、ガイ」ささやくような声だった。「今までいろんなことがあったわね……いいことばかりじゃなかったけど。あなたはいつも、わたしをひとりの人間として大切に扱ってくれたわ」

ガイはその言葉に虚をつかれ、プライドを刺激されたかのように直立不動の姿勢をとった。「今でもそうだ」躊躇《ちゅうちょ》ない答えが返ってきた。

「結婚する前、どんなにわたしの体がほしくても、あなたは紳士らしい態度をつらぬいて、欲望に身をまかせたりしなかった」

ガイはあっさりうなずいた。「たしかに、ぼくは無垢《むく》な花嫁と初夜を迎えたいと願っていた」

「そうね」敬意をこめたガイの口調に、マーニーは心ならずも感動した。「だったら、わかってるでしょう?」ガイをまっすぐ見つめながら、マーニーは言葉をついだ。「わたしがあなた以外の男性を知らないってこと」

ガイの瞳が勝ち誇ったように輝いた。「たしかに、きみの言うとおりだ」確信に満ちた言葉が、またしてもマーニーの心をなごませた。「それにひきかえ、このぼくは、自分で自分が恥ずかしいよ。きみはほとばしる情熱を体の内に秘めながら、身も心も清らかだった。ひょっとして、今夜ぼくが無理じいすると思っているのかい?」ガイは完全に誤解しているらしく、テーブルのこちら側へまわってくると、マーニーの両肩に手をおいた。「愛を交わすのが久しぶりだということは、よく承知しているつもりだ。マーニー、ぼくはきみがほしい。敏感に反応するきみの体をじかに感じたいんだ。でも、初めてきみを抱いた夜のように優しくするから、なにも心配しないでいい」

「ガイ……あなたは……」

誤解してるわ、という言葉はガイの唇で封じこめられてしまった。こんなキスをされるなんて夢にも思わなかった。ガイのさっきの台詞《せりふ》から予想できたはずなのに……。ガイの口づけは、あくまでも甘かった。五年前にひきもどされていくようだ。式を挙げ、妻としてガイに抱かれたあの夜に……。

思い出が心にあふれた。マーニーはガイの口づけに応えつつ、懸命に過去と現在を切りはなそうとしていた。自分がここにいるわけを考えるのよ。今、誰と一緒にいると思ってるの? 少しでも気を許したらどうなるか、わかってるはずでしょう?

いくら自分をいさめても、ガイのキスは特別だった。愛情をこめた口づけが夢のような時を約束してくれる。ガイがそっとマーニーを抱き寄せて、たくましい胸をおしつけた。マーニーは体の力を抜き、ガイのうなじに両手を這わせた。とじていた唇がひらいて、ふたりの舌がからみあう。めくるめく欲望の波がゆるやかにおし寄せてきた。

「マーニー」ガイの吐息が唇にかかった。「かわいいひと《カーラ》……ぼくの女神」

その瞬間、マーニーは我に返った。ガイは両手でマーニーを抱きあげようとしている。

「いや！」マーニーは大声を出し、抱きあげられる寸前に身をよじった。

マーニーにおしのけられて、ガイが足元をふらつかせた。茫然《ぼうぜん》として立つマーニーの息遣いは荒く、その瞳には怒りと官能の入りまじった狂おしげな光が宿っていた。

「いやだって？」ガイは戸惑っているようだ。

マーニーは唾《つば》をのみこんで、呼吸を整えようとした。「あ、あなたの誘惑に負けて、ベッドをともにするのはいやなの」消え入りそうな声だった。

「なぜなんだ」ガイが問いつめた。「きみだって、ぼくをその気にさせようとしたくせに」

真っ赤になっていたマーニーの顔から血の気がひいた。ガイの言うとおりだ。わたしは自制心を失って、むさぼるようなキスでガイを誘ったのだから。

「わたしはこういうことに慣れてないのよ。あなたとちがって」

ガイの体がこわばった。「どういう意味だ？」

「つまり」うわべはなんとか平静をとりもどしつつあるものの、マーニーの心はみじめなくらい揺れていた。「今までどおり、紳士らしい態度でわたしに接してほしいってことよ。正式に結婚してもいない相手に体を許すのはいやなの」

沈黙があった。ガイはようやくマーニーの言いたいことがわかったらしい。瞳から情熱のきらめきが消え、けわしく皮肉っぽい表情が浮かんだ。マーニーが思いどおりの結果をたくみにひき出したことに気づいたのだ。「きみほど駆け引きじょうずで残酷な女には、お目にかかったことがない」さりげなくガイが言った。

マーニーは昂然と頭をそらした。ガイへの反感で罪の意識が薄らいでゆく。「わたし、絶対にあなたを許さないわ。あなたに……あなたに肉体的な魅力を感じることはみとめるけど、二度と心をひらいたりしないから」

「ぼくに心をひらいたことが、一度でもあったかい?」ガイは背をむけたが、マーニーはその瞳に浮かんだ苦悩を見たような気がした。

「行けよ」ガイは投げやりな態度で居間のドアをさししめした。「冷たいベッドで、ひとり寂しい夜を過ごすがいいさ。きみは高邁《こうまい》な理想とかたくなな心さえあれば満足できるらしいからな。だが、これだけは覚えておいてくれ」

ふりむいたガイの表情は厳しかった。「今夜の取り引きは成立したんだ。約束は守ってもらわなければ困る。また正式な夫婦になったら、理想や恨みは捨てて、ぼくをベッドに迎え入れるんだ」

「とても無理な要求だわ」ドアのほうへ行こうとしたが、足が言うことを聞かなかった。

「そうかな?」なめらかな声だ。「マーニー、きみは心に深手を負ったと言うが、相手を思う気持があってこそ、人は深く傷つくものなんだぞ」

「わたしはあなたのことを思っていたわ」マーニーは弾かれたようにふり返った。「でなかったら、結婚するわけないでしょう?」

ガイは自嘲《じちょう》するような笑みを浮かべた。「その答えは、おたがいにわかっているはずだ。きみがぼくと結婚したのは、ほかに選択の余地がなかったからさ」

5

選択の余地がなかったから……。ガイは今夜初めてマーニーにも納得がいく台詞《せりふ》を口にした。選ぶ自由さえあったなら、マーニーはガイの説得に負けて結婚などしなかっただろう。

いいえ、あれは説得じゃない。脅迫だったわ。マーニーはベッドに横たわり、沈黙の闇《やみ》のなかで寂しげにほほ笑んだ。初めての出会いからずっと、ガイはわたしを追いかけまわしてきた。そのしつこさに根負けして、わたしは結婚を承諾した。

マーニーは吐息をついて寝返りを打ち、窓の外に広がる濃紺の夜空をさえた目で眺めた。初めてガイに会った時、マーニーは、十九世紀の貴族が現代によみがえったのではないかと思った。

ガイは恋愛小説に出てくる邪悪な男爵のようだった。長身で黒髪。あたりにただよう危険な雰囲気。皮肉っぽさと不思議な魅力が、あやういバランスを保っている端整な顔。そして、ときめきと恐れを感じさせる圧倒的なセックス・アピール。

もちろん、マーニーも兄の雇主の名前は聞いていた。けれども、気まぐれで兄を訪ねた日に、ガイ本人と顔を合わせることになろうとは……。

マーニーはガイ・フラボーサという人物をよく知らなかった。新聞や雑誌から得た情報をもとにして、マーニーが描いていたイメージは、エゴのかたまりのような男だった。記事によると、ガイは世界じゅうを飛びまわり、一族が支配している大企業のトップとして辣腕《らつわん》をふるっているらしかった。

マーニーがオークランズに到着し、錬鉄製の立派な門から車を乗り入れた時、兄に会うことだけを考えていた。兄のジェイミーは油まみれになって、ガイ・フラボーサのスーパーカーの整備をしているだろう。長居をするわけにはいかないので、兄の雇主に会うことなど考えもしなかった。

小さな谷に抱かれたオークランズまでの道のりは、芸術家の目をたっぷり楽しませてくれた。

マーニーはなだらかな斜面から窪地《くぼち》へとおりていった。広い舗装道路を横切って、遠くに見えるジョージ王朝ふうの大邸宅めざして車を走らせた。たった今横断したのが、ガイ・フラボーサの練習用レーシング・コースだとは思ってもみなかった。それはプロがプロのために作ったもので、敷地内を一巡りしているのだが、マーニーは美しい庭のほうに目を奪われていた。

この庭の絵なら、いつまでも描《か》いていられるわ。そう思いながら、マーニーは円形の前庭で車を止めた。ぽんこつのミニからおりて、安らぎと静寂に満ちた空気を胸いっぱいに吸いこむ。すみ切った空気は新鮮で、うっとりするような薔薇《ばら》の香りがたちこめていた。その時はまだ、ロベルトが丹精して育てた薔薇だとは知らなかったけれど……。

ジェイミーの居場所はパワフルなエンジン音が教えてくれた。マーニーは音を頼りに屋敷の横手にまわった。木立のなかの曲がりくねった小道をたどっていくと、また別の庭に出た。そこはかつて馬屋だったようだが、今ではガイのコレクションをおさめる車庫と整備用ピットになっていた。

そこが衝撃的な出会いの場所だった。マーニーは大きく枝を広げた栗《くり》の木の下に立っていた。そして出会ったのだ。未来の夫となる男性に……。

彼はおおぜいのメカニックに囲まれて立っていた。まるで陶器の人形のあいだに、ミケランジェロのダビデ像がおかれているように。彼は誰よりも背が高く、黒髪で、昂然《こうぜん》として頭をあげていた。けれども、驚くほど官能的な口元には、傲慢《ごうまん》な態度にふさわしからぬほほ笑みが浮かんでいた。

みんなで車の話をしていたのだろうが、マーニーの印象に残ったのは、その場面の視覚的な効果だった。彼――ガイの姿はぬきんでていた。糊《のり》のきいた白いシャツを着て、しみ一つない濃い色のズボンをはいたガイ。そのまわりには、機械油で汚れたオーバーオールを着た男たちがいた。

タイトルをつけるなら、〝王とその従者たち〟ってところかしら。マーニーは頭のなかで絵筆を動かした。早口でよどみなく話すガイの声には豊かな響きがあった。砂利をしいた庭のむこうから、そのイタリアなまりのある魅力的な声が聞こえてきた。マーニーは息をのみ、身動きもせず立っていた。

当時のマーニーは、異性についてほとんどなにも知らなかった。生きていくことに精一杯で、人生を楽しむ余裕がなかったからだ。とはいえ、いくら無知でも、危険信号くらいはキャッチできた。

「マーニー！」まずマーニーに気づいたのはジェイミーだった。ガイがふとふり返った。黒い瞳が細められ、その体が緊張したように動きを止めた。マーニーは無理やり目をそらして兄を見た。

ジェイミーがこぼれんばかりの笑みをたたえてやってくる。「どうしたっていうんだい？」

マーニーは兄に理由を説明したが、ガイのほうを見ないようにするのは大変だった。ガイの視線を感じる。さっきからずっと、ガイは身じろぎ一つせず、黙ってこっちを見ているのだ。

「よく来たな！　昼食を一緒にとらないか？　すぐ近くにパブがあるんだ。そこのチーズサンドが最高でさ、もう……」

「紹介してくれ、ジェイミー」

ガイが口にした言葉はそれだけだったが、その一言にあらゆる意味がこめられていた。紹介してくれ、知りあいになりたい、彼女がほしいんだ、誰にも渡したくない、という意味が……。

そんなこととは露知らず、ジェイミーは喜んで承知した。マーニーはガイの熱い視線にさらされて、ひどく無防備になったような気がした。

「妹のマーニーです。マーニー、こちらはミスター・フラボーサ、ぼくの雇主だ」

「ガイと呼んでくれ」イタリアふうに発音された名前にはセクシーな響きがあった。

ガイは日に焼けた美しい手をさしのべた。マーニーは緊張に震え、揺れる心に戸惑いながら手をとった。ガイは握手をするのではなく、意外にも手の甲に口づけをした。マーニーの深いブルーの瞳をくい入るように見つめながら。

それだけでマーニーはガイに夢中になった……とはいえ、恋に落ちた自覚があったわけではない。当時のマーニーはまだ性にめざめていなかった。けれども、そんな自分に満足していたので、突然ほとばしり出た感情に恐怖すら覚えた。その恐怖はいまだに残っているのだが……。あのころのマーニーは自分の感情をもてあまし、ガイが関心を示せば示すほど、つれない態度をとっていたようだ。

マーニーはガイの唇がふれた手を慌ててひっこめ、ぎこちなく一歩さがった。マーニーのささやかな抵抗を目にして、ガイがにこりと笑った。

「お茶でも一緒にどうだい？」ガイが言った。

「いいえ、けっこうです。わたしは兄に会いに来ただけですから」

「ジェイミーは夕方まで仕事だ。お茶でも飲んで待つといい」

マーニーは恨めしそうに兄を見た。ジェイミーはガイの言葉に戸惑っているようだった。

「ロンドンでデートの約束があるんです」ガイとお茶を飲むのがいやだったので嘘《うそ》をついた。ジェイミーが唖然《あぜん》としてふり返った。マーニーが男性とのつきあいに関心がないことを知っているからだ。「あと五分で帰らないと」マーニーは気まぐれで兄に会いに来たことを後悔していた。

ガイにじっと見つめられ、マーニーは真っ赤になった。嘘だと見抜かれてしまったようだ。ガイがお辞儀をしてほほ笑んだが、マーニーはこの場から逃げたいと願うだけだった。去っていくガイの後ろ姿を見送りながら、ジェイミーが眉をひそめた。

「どうしたっていうんだろう。いつものガイらしくない……」

「五分たったら仕事にもどれよ、ウエスタン！」ガイ・フラボーサが歩きながら注意した。

「とんだとばっちりをくっちまった！　マーニー、なんであんな失礼な態度をとったんだい？」ジェイミーはマーニーのせいでガイが不機嫌になったと思うことにしたらしい。

「せっかくお茶に誘ってくれたのに、つれない返事をして。ガイの機嫌をそこねたのは、おまえのせいだぞ！」

「わたしは兄さんに会いに来たのよ」マーニーは平然として言った。「知らない男性とお茶を飲むためじゃないわ」

ジェイミーが肩をすくめた。ガイとマーニーの奇妙な出会いに戸惑っていたのだ。それでも陽気に話しながら前庭まで送ってくれたが、内心びくびくしているようだった。ガイに怒られる前に仕事にもどりたいのだろう。マーニーも早くその場から立ち去りたかった。それ以上ジェイミーの雇主に心をかき乱されるのはごめんだった。

「ミニの調子はどうだい？」愛車のハンドルを握ったマーニーにジェイミーがきいた。

「故障ひとつしないわ」そう答えると、ジェイミーが嬉《うれ》しそうな顔をした。マーニーは神経をとがらせて、屋敷の窓に目をやった。邸内のどこかから、ガイ・フラボーサが見ているにちがいない。

マーニーはイグニッション・キーをまわした。ぐずぐずしてはいられなかった。

だが、エンジンがかからない。もう一度やってみるが、やっぱりだめだ。

何度キーをまわしても結果は同じだった。だから女はだめなんだ、とジェイミーが罰あたりな言葉をつぶやいた。ジェイミーはマーニーのかわりに運転席に乗りこむと、あちこちいじくりまわした。それから車をおりてボンネットをあけ、生まれながらのメカニックらしく熱心に故障を探した。けれども、マーニーにはなぜか確信があった。ミニが動かなくなったのは、誰かが細工をしたからだ。

ガイがゆっくり玄関から出てきた。あきらめるしかなさそうだ。ガイはからかうような目でマーニーを見て、ジェイミーのほうへ歩いていった。

その時のことをベッドのなかで思い出しながら、マーニーはかすかな笑みを浮かべた。今のマーニーを見ているのは月だけだ。

あの出会いから何カ月も過ぎてから、ガイはようやくみとめた。車に細工をしたのは自分だと。

「きみを行かせたくなかったんだ」物憂げで傲慢ないつもの口調でガイは言った。

「ジェイミーは知ってたの？」

「おそらく感づいただろうな。故障を見つけるのに五時間もかかったんだから」わるびれることなくガイは言った。「ジェイミーほど優秀なメカニックなら、誰かに細工をされたと気づいて当然さ。問題は、どこをどういじられたかだ」

「あなたのその傲慢な態度、時々いやになるわ」

「溺《おぼ》れることもあるくせに」ガイは自分が正しいことを証明しようとしてマーニーを抱き寄せた。マーニーは情熱に身をまかせずにはいられなかった。ふたりがつきあいはじめたころからずっとそうだ。男性経験がないにもかかわらず、ガイにふれられると体じゅうの血が熱く燃えてしまうのだ。マーニーはショックと恐れを感じていた。

その恐れのために、マーニーはガイの求愛を拒みつづけた。嵐《あらし》のような数週間だった。けれども、ガイは自分のことしか頭になく、なんとかしてマーニーを手に入れようとした。結果はガイの勝ちだった。ガイは情熱のおもむくままにマーニーを我が物にした。マーニーの気持を考えもせず……。あるいは、考えたあとで無視したのかもしれない。ガイがいかに無神経でも、マーニーが彼に体を許しても、心までは許さなかったということを知らないわけはないのだから。

マーニーの唇から疲れた吐息がもれた。思い出すまいとしても、過去は次から次へとよみがえってくる。マーニーはベッドから出て、月光を浴びた窓辺に立った。

ガイとの結婚生活も、やはり波瀾《はらん》に満ちていた。結婚を決めたのはガイだった。「正式な夫にならなければ、きみの純潔は奪えない」それがプロポーズの言葉だった。マーニーはガイの誘惑に負け、愚かにもイエスと言ってしまったのだ。

そしてふたりは結婚した。ガイは生まれ故郷のイタリアへマーニーをつれていき、地中海をのぞむ閑静な別荘で、大人の愛の手ほどきをした。マーニーはガイの虜《とりこ》になって、見つめられただけで抱かれたいと願うようになった。ガイは愛し方も奔放だった。マーニーは寝室で慎みを忘れることを覚えた。ガイは大切な車でも扱うようにマーニーを愛し、望みどおりの女に変えていった。

めまいがするほど熱く燃えた半年だった。ふたりはたがいの肉体に溺れ、毎日をただよいながら過ごした。ふたりの官能の世界にさした影はただ一つ、真実の愛を誓う言葉がないことだった。

ガイはマーニーの若い肉体だけを求めているようだった。そしてマーニーは、ほんとうの自分を隠し、ガイが与えてくれるものを黙って受け入れた。倦怠期《けんたい》がやってきた時、ガイが別の女性に目をむけても動揺しないようにと……。

マーニーがそんな心の準備をしたのは、ガイの過去の女性関係を知っていたせいだった。ガイは生まれながらのエゴイストだから、つねに女たちの憧《あこが》れの的でありたいのだ。

ガイはマーニーにも自分なりの考えや感情があることを知らず、新しく手に入れた品物のように友達に彼女を見せびらかした。ぼくの幸運のお守りだ、と言わんばかりの態度で……。自分の仲間がマーニーに嫌われているとは夢にも思わなかったようだ。ガイの友人は誰も彼も目立ちたがりで、きわどい会話を平気で交わした。マーニーに嫌われているとは夢にも思わなかったようだ。

もともと内気なせいか、マーニーはあまり口数の多いほうではない。ガイの友達はそんなマーニーをからかって、ますます居心地わるい思いをさせた。心ない言葉と態度でマーニーをばかにして、仲間はずれにしたのだ。

それだけではない。マーニーはガイが女たちの積極的なアプローチを楽しんでいるのを見ても、笑っていなければならなかった。ガイはハンサムで、世慣れていて、数々の危険をくぐり抜けてきた男のカリスマ性を備えていた。女たちはガイに憧れた。ガイはそれを当然と考えて、わざと思わせぶりな態度をとることがあった。

マーニーがガイに愛想づかしをしたのは、あまりにも露骨な場面を見せつけられたからだった。

ある時、ガイのレース仲間がロンドンでパーティをひらいた。会場となった豪勢なタウンハウスのレセプションルームは、その場かぎりの楽しみを求める都会的な人々であふれていた。

こういったパーティでは、なにをしてもとがめられない。飲みたいだけ飲んで、誘惑したい相手を誘惑できる——偉大なるガイ・フラボーサの妻を口説いてもかまわないのだ！　男と女がしばらく姿を消しても、誰も文句は言わなかった。知りあったばかりの相手と関係を持つことも許される。マーニーはガイの姿を見失うたびに、誰かとつかの間の情事を楽しんでいるのではないかと疑った。

あの夜も、パーティ会場に着いた時から、アンジー・コールがガイにつきまとっていた。アンジーはマーニーのせいでガイに捨てられた女性だった。よりによって、そのアンジーがガイにまつわりついてはなれない。アンジーもガイの愛撫《あいぶ》を知っている——そう思うと、マーニーは醜い嫉妬《しっと》につらぬかれ、いつもの落ち着きを失った。

そのあげく、ガイの友人のひとり、デレク・ファウラーが厚かましくもマーニーを口説こうとしたのだ！　ガイがアンジーといちゃついているのを見て、チャンス到来と思ったのだろう。マーニーはデレクの誘いをはねつけて、ひとりパーティ会場から出た。ガイのことなど、もうどうでもよかった。

当然ガイは激怒して帰宅した。ガイがすさまじい剣幕で寝室に入ってきた時、マーニーがバスルームから出てきた。腹立ちまぎれに熱いシャワーを浴びたあと、濡《ぬ》れた髪をタオルでふきながら。

「どういうつもりだ！」ガイが乱暴にドアをしめたので、マーニーはいやな顔をした。

「ひとりで帰るなんて！　どうして友達の前でぼくに恥をかかせるような真似《まね》をしたんだ！」

「あれがあなたのお友達？　あのひとたちは飢えた狼《おおかみ》だわ。生きる目的はただ一つ、セックスだけよ！　相手や場所はおかまいなし。あんなひとたちと一緒にされるのはごめんだわ！　いやらしいったらないわ！」マーニーはガイに背をむけ、長い髪をいらだたしげにタオルでふいた。

「誰かに腹を立てているんだな」事情さえわかればマーニーをなだめられると思ったのか、ガイは怒りを鎮めた。

「そうだとも言えるわね。わたしが腹を立ててる相手がいるとしたら、それはあなたよ。

今夜みたいなパーティにつれていかれるたびに気が変になるわ」マーニーはふり返った。ガイの端整な顔に驚きの表情が浮かんでいた。「そのうえあなたは、わたしをほったらかしにして、ほかの女といちゃついてるんだから！　そうまでされて、おとなしく夫の帰りを待つと思ったら大間違いよ！」

「アンジーのせいか。きみはアンジーに嫉妬しているんだな！」

いかにも満足げなガイの言い方に、マーニーは怒りをあらわにした。「アンジーに嫉妬ですって？　笑わせないでよ！　アンジーなんか、あなたが騙《だま》して関係を持った女のひとりにすぎないわ！　でも、わたしはもう騙されませんからね！」

マーニーは怒ってタオルを投げ捨てて、挑むような足どりでガイのもとへ歩み寄った。

「わたしにはプライドがあるの！　盛りを過ぎても種馬のふりをしている中年男と、ベッドをともにするのはごめんだわ！」

言ってはならないことだった。何年かたった今でも、後悔の念がマーニーの胸をしめつけた。あの時、ガイは真っ青になってたじろいだ。とどめの一撃をくらったかのように……。

あれはたしかに、とどめの一撃だった。ガイは自分がマーニーよりもはるかに年上であることを気にしていた。そうと知りつつ、マーニーはガイのアキレス腱《けん》をついたのだ。

ガイが冷たくなって当然だった。さもなければ、愛撫でマーニーに怒りを忘れさせていただろう。考えられる反応は二つあったが、ガイは驚くべき冷たさでマーニーに応《こた》えた。よくあれだけ冷たくなれたものだ、と今ではマーニーも感心しているほどだ。けれども、あの時はそれどころではなかった。あんな心ない台詞を聞かされたのだから……。

「それならひとりで寝るがいいさ。ぼくは盛りを過ぎた哀れな種馬だから、もっと物わかりのいい相手とベッド・インするよ」

ガイはその言葉どおり実行したらしく、それっきり三日も帰ってこなかった。マーニーの気持も後悔から怒りへ、怒りから反発へと変わっていった。マンチェスターでの仕事をひき受け、一週間もロンドンを留守にしたのはそのせいだった。

絵の仕事が終わると、マーニーはみじめな思いで帰宅した。ガイにひどいことを言ってしまったという罪の意識がつのっていた。できるものなら許しを請いたい、とマーニーは思った。

帰ったのが深夜だったので、ガイはベッドのなかにいた。マーニーはそっと寝室に入った。ガイはまだ眠りに落ちていないようだった。マーニーは急いでシャワーを浴びてから、ガイのかたわらに身を横たえた。

ガイはなにも言わなかったが、マーニーを抱き寄せた手の動きが心の内を物語っていた。ふたりは無我夢中で体を重ねた。けれども、愛しているのはきみだけだ、というガイの言葉は残念ながら聞けなかった。あの口論のあと、ふたりのあいだには新たな溝ができていたのだ。

その後、ふたりの関係は変化した。ガイはもうマーニーをパーティにつれていこうとしなかった。少なくとも、それだけはわかってもらえたらしい。ガイは他人行儀にも思えるほど、マーニーを大切に扱うようになった。マーニーは絵の仕事に没頭し、ロンドンを何日もはなれなければならない依頼でもひき受けた。ガイも仕事で世界じゅうを飛びまわっていた。ふたりは夫婦というより他人に近い暮らしをつづけ、明かりを落とした寝室で短い逢瀬《おうせ》を重ねては、愛の渇きを癒《いや》しあった。ふたりに残されたものはそれしかないと思うと、悲しみが深まっていくようだった。

そんな暮らしに耐え切れず、マーニーはふさぎこむようになった。

あれはマーニーがケントでさんざんな一週間を過ごしたあとのことだった。ガイはヨークシャーに出かけて留守だった。七日後にガイが帰ってきた時、マーニーはこれ以上ないほど落ちこんでいた。ガイは憂鬱《ゆううつ》そうな青い顔をじっと見て、マーニーを抱き寄せた。

マーニーはガイが体を求めていると思った。乱暴にガイをおしのけると、いつもどおりの反応が返ってきた。「ひどい顔だな。いつまでもそんな顔をしていると、ほかの女のところへ行くぞ。もっと男を大事にする女のところへ」

その夜、ガイは帰ってこなかった。やがて帰宅したガイは、しどけない格好をしていた。愛人のベッドから家に直行したかのように……。

ふたりはまた喧嘩《けんか》した。そのあげく、ガイはマーニーを無理やり車に乗せて、オークランズへつれていった。そこでゆっくり考えろというわけだ——仕事と結婚生活と、どちらが大切か。

マーニーが仕事に費やす時間について、ガイが文句を言ったのはそれが初めてだった。ガイは最後通牒《つうちょう》を突きつけたのだ。献身的な妻になるか、離婚して赤の他人になるか、マーニーは苦い選択を迫られた。あっさり別れたくても別れられなかった。ガイをあまりにも深く愛していたから。

あれこれ思い悩んでいた時、マーニーはあることに気づいて有頂天になり、ロンドンのアパートメントに駆けつけた。

夕食に間に合うように行ったのに、ガイは出かけていて留守だった。家政婦のミセス・デュークスは、ガイの姿をほとんど見ていないらしい。マーニーはいやな予感がしたが、あちこち電話をかけてガイを捜した。兄のジェイミーに電話したのは、ただの思いつきにすぎない。そのころ、ジェイミーはガイの援助を受けて、ロンドン郊外で小さな自動車整備場をはじめていた。ガイはそこでジェイミーの仕事ぶりを見るのが好きだったのだ。

「デレク・ファウラーに電話してみたかい？」ジェイミーは言った。「今夜、デレクの家で盛大なパーティがあるんだ。ガイもそこへ行ったんじゃないかな。もっと手綱をひきしめなきゃだめだよ、マーニー。ガイはもてる男だから、ひとりにしておくと、女たちがほうっておかないよ」

今のうちだけよ。マーニーはパーティ会場へ急ぎながら考えた。じきにわかるわ。ガイ・フラボーサがわたしだけのものになったってことが！

デレク・ファウラーの家に着くと、パーティは今まさにたけなわだった。マーニーがデレクの誘いを拒んで以来、ふたりは冷戦状態にある。そんなひとの家に足をふみ入れるには、かなりの勇気が必要だったが、ガイになんとしても会いたかった。マーニーはなにが自分を待っているのか知りもせず、ひと波をかきわけて進んでいった。

けれども、なにも知らないでいられた時間は長くなかった。

マーニーはまずデレク・ファウラーを見つけた。デレクはモデルふうの女性とふざけあっていた。その女性は赤いシルクのドレスの下になにも着けていないようだった。

「ガイは来てる？」冷ややかにきいてみた。

デレクの充血した目がマーニーをとらえた。けだるいほほ笑みが消え、みだらで挑発的な表情が浮かんだ。「これはこれは、幼妻みずからのおむかえですか」

「ガイは来てるの？」マーニーは質問をくり返した。デレクの挑発に乗ってはならない。ガイはマーニーのことを〝幼妻〟と呼ばれるのを嫌っていた。〝子供のような女と結婚した男〟と面とむかって言われなくても、マーニーとの年齢差は充分気にしていたのだから。

「二階じゃないかな。階段の右手にある二つめの部屋だ。さっきのぞいた時、そこで酔いをさましていたような……」デレクはなにかに気をとられたらしく、階段のほうに目をやった。廊下まであふれた客のむこうに階段がちらっと見えた。

ふたたびマーニーをとらえたデレクの目には、悪意ある光が宿っていた。「二階へ行って、眠れる王子様にキスしてやったらどうだい？　嬉しい驚きが待ってるかもしれないぜ」

マーニーはデレクの不可解な言葉の意味を考えようとしなかった。デレクに背をむけ、ひと込みをかきわけて廊下にもどると、階段を上っていった。ようやくパーティの喧騒から解放されて、マーニーはほっとしていた。

デレクに教わった部屋は真っ暗だった。マーニーは明かりのスイッチを手探りした。「ガイ？」小さな声で呼んでみる。「ガイ、起きてる？」

光が部屋に満ちあふれ、くぐもった声で誰かがマーニーの名前を呼んだ。衝撃のあまり、マーニーはその場に立ちすくんでしまった。寝乱れたベッドに横たわったガイの裸身に、アンジーがからみついているではないか――生まれたままの姿で。

6

「眠れないのかい?」背後で静かな声がして、マーニーは弾《はじ》かれたようにふり返った。過去の苦悩にゆがんだその顔を見て、すべてを察したのだろう。ガイの表情がこわばった。

ガイはひらいたドアの柱にもたれて立っていた。やはり寝つけなかったのか、黒髪がひどく乱れている。いつもは若く見えるのに、今日のガイは年相応に見えた。シャープな鼻の両側から、固くむすばれた唇の端まで、深い皺《しわ》が刻みこまれている。

なんだか老けたみたいだ。けれども、ガイは相変わらずセクシーだった。女たちは蜜《みつ》にむらがる蜂《はち》のように、ガイのまわりに集まってくるだろう。マーニーは丈の短い黒のローブに包まれた筋肉質の体をちらっと見て、すぐに目をそらした。ガイと同じ部屋にいるだけで、おかしな気分になってくる。マーニーは自分がつくづくいやになった。

「そのシャツはきみが着たほうが見栄えがするな。昔からそうだったが」

ガイはシルクのシャツに物憂げな視線を走らせた。それはマーニーが寝室へさがる前にガイから借りたシャツだった。うずくような感覚が体じゅうに広がって、敏感な乳首に集中していく。マーニーは両手で自分の体を抱きしめた。

「ガイ、なにか用？」

「きみがほしい」躊躇《ちゅうちょ》のない答えが返ってきた。「今にはじまったことではないさ。とにかく、今夜はとても眠れそうにないから、一緒にお茶でもどうかと思ってね」

「お茶？」驚きのあまり、マーニーはガイが最初に口にした挑発的な台詞《せりふ》を忘れてしまった。「あなたはいつから紅茶を飲むようになったの？」

ガイはいつもイギリス人の紅茶好きをばかにして、濃いコーヒーにミルクも砂糖も入れずに飲んでいたはずだ。

「実は……」恥ずかしげな笑みが浮かんで、ガイの表情がやわらいだ。「ブランデーを一杯やるつもりだったんだ。お茶と言ったのは、ただの思いつきさ。そう言えば、きみも誘いを断らないんじゃないかと思ってね。どうだい？」

ガイがためらいがちに手をさしのべる。マーニーは身じろぎもせず、その手を見つめていた。指が長くて、なんでもできる力強い手。それはもはやマーニーの体の一部と言ってよかった。ほんとうにお茶を飲むだけですむのだろうか。

マーニーは警戒するような目でガイを見た。下心はなさそうだ。ガイはゆがんだ笑みをたたえている。いつもどおり拒否されることを覚悟しているかのように。

「返事は……？」ガイが優しくささやいた。

「イエスよ。ご一緒するわ」なぜ承知したのか自分でもわからない。ひとりでいたくないからだろうか。物思いに沈んでいるより、ガイと一緒にいたほうがましだから。

ガイはもたせかけていた体を起こし、マーニーをさきに行かせた。ガイの寝室のドアがあいている。ベッドサイド・ランプのやわらかな光が、乱れたシーツの上に散らばった書類を照らしていた。今までなにをしていたの、ときくまでもなかった。

「知っているだろう？　ぼくは睡眠時間が短くても平気なんだ」

そう、たった四時間で充分だったわ。残りの時間は……ガイなりに楽しい夜を過ごしていたっけ。なにをして楽しんだかは、今考えるべきことじゃないけど……。

マーニーはソファの端で丸くなり、ガイが紅茶をいれてくれるのを待った。ガイはそういうことをいやがるほど、いばりくさった男ではない。別れる前は、ロンドンのアトリエにも何度かティー・トレイを持ってきてくれた。

「これを飲むんだ」そんな時はいつも命令口調だった。ガイは描《か》きかけの絵をのぞきこみ、黙ってマーニーのうなじに軽くキスをして、口笛を吹きながらアトリエを出ていったものだ。

ガイが紅茶を持ってくるのは、マーニーの聖域に入るための口実だった。結婚後しばらくして、マーニーはそれに気づいた。マーニーがほほ笑みかけると、ガイはにっこり笑ってマーニーを抱きしめ、長い長い口づけをして、アトリエから出ていった。マーニーが無視すると、うなじにそっとキスをして、口笛を吹きながらもどっていく。絵を描く邪魔をしたことは一度もなかった。

「なぜ?」マーニーはきいてみた。

「きみが生きる情熱をそそぐ対象は二つある」ガイは言った。「その一つは絵を描くこと。もう一つは、このぼくだ。絵を描いている時は、いい作品にすることだけを考えていればいい。ぼくは子供じゃないから、それぐらい我慢できる。ただし、絵が完成したら、ぼくだけのものになってくれ」

そうは言っても、ガイ自身はマーニーだけのものになってはくれなかった。

「ほら」マーニーが思い出にひたっていると、ガイが皿にのせたカップをさし出した。

「ありがとう」マーニーは皿ごとカップを受けとった。ガイがブランデー・グラスを手にして、むかいの椅子に腰を沈める。なんだか疲れているようだ。ガイは深い息をつきながらのびをした。黒い絹のローブの裾《すそ》から、日焼けした長い脚が見えている。毛深くて、男らしい脚だった。

マーニーはたまらなくなって、湯気を立てている紅茶に視線を落とした。ガイを見ているのがつらかった。ふたりが幸せでいた時もそうだった。ガイがあまりにもすてきなので、胸がはりさけそうになるのだ。

「お父様はどうしてらっしゃるの?」マーニーは思いをほかへそらそうとしてきいてみた。

「とうとうステッキをついて歩くようになったよ」ガイは顔を曇らせた。ロベルトは息子に負けず劣らず誇り高い男性だった。軽い卒中を起こして半身に麻痺《まひ》が残っても、杖《つえ》をつくことには抵抗があったらしい。「今では時節に合わせて、いろいろなステッキを使いわけている。きみのさしがねだな」からかうような視線が問いかけていた。

マーニーはほほ笑んだ。「ちょっと言ってみただけよ、さりげなくね。ロベルトみたいに魅力的な男性がステッキを持って歩いたら、きっとすてきでしょうね、って」

「父の自尊心をくすぐったわけか」

「イタリア人的な気質に訴えたのよ。ラテン系の人って、ものすごく外見を気にするから。ラテン民族ほど自分本位で、傲慢《ごうまん》で、プライドの高い民族はほかにないんじゃ……」

「だからこそ、きみはぼくに惹《ひ》かれたんだ」ガイが穏やかに指摘した。

マーニーはガイの言葉を無視した。「わたしね、考えてみたの。来週バークシャーへ行く予定があるから、そのついでにロベルトに会えないかしら。一晩お屋敷に泊めてもらえたら、夕食をご一緒して、ロベルトを嬉《うれ》しがらせるようなことをたっぷり言ってあげられるわ。絵を描きに行く前に」

「オークランズにはふたりで行くつもりだが」なかばとじた目でマーニーを見ながら、ガイがゆっくりつぶやいた。「バークシャーでのきみの仕事は、キャンセルしてもらうしかないな」

マーニーは姿勢を正した。なんだかいやな予感がする。「どういう意味？」

ガイがだるそうにあくびをした。「きみが考えているとおりの意味さ」ガイはそう言って立ちあがり、ふたたびグラスを酒で満たそうとした。「今夜から、きみはぼくのものだから、遠方での仕事はすべて断ってもらいたい」

「あなたのために仕事をやめるなんていやよ！」

「口答えは許さない」さりげなくガイが言った。たいしたことではないと思っているのだろうか。「杖を使いはじめた父のように、現実を受け入れるんだ。きみはまたぼくのものになったんだから、ぼくのことをまず第一に考えてくれ」

「絵の仕事だけは別よ」マーニーは頑固に首を横にふった。「絶対にやめないから。無理やり言うことを聞かせることはできないわ！」

「できるさ。きっとそうしてみせる」

嘲《あざけ》るように眉をあげたガイを見て、マーニーは憤然と立ちあがった。「こ、この前結婚した時は、仕事をやめろなんて言わなかったじゃないの！」声がつまった。「わたしは……」

「あれはぼくの間違いだった。同じあやまちをくり返すつもりはない」

マーニーは理性を失うまいとして必死だった。信じられない。いやな思いをする覚悟はしていたけれど、これだけは予想していなかった。仕事をやめさせられるなんて！

「でも、絵はわたしの命なのよ！　知ってるくせに。そんなにあっさり……」

「今度はぼくの思いどおりにさせてもらう」ガイは平然と口をはさんだ。「きみとの関係において、ぼくがおかしたあやまちの一つは……」

「浮気したことよ！」

ガイはあっさりうなずいて非をみとめたが、動揺はほとんど見られなかった。「ぼくがおかしたあやまちの一つは、きみのわがままを許したことだ。きみがジプシーのようにあちこちさまよい歩いても、文句一つ言わなかったんだからな。どんな友達とつきあって、どんな友達と手を切るか、ぼくはきみの言いなりになって……」

「アンジーとは手を切らなかったくせに！」

「ぼくはきみの言いなりになって」ガイは厳しい顔をして、マーニーにかまわず言葉をついだ。「自分を見失ってしまったんだ！」

「自分を見失った？　あなたが？」蔑《さげす》むようにマーニーは言った。「あなたと結婚したわたしがどうなったかわかってるの？　わたしはガイ・フラボーサの女としてみとめられただけよ！　世間知らずで愚かな幼妻としてね！」

「そう、問題はそこなんだ。マーニー、きみはもう大人だから、子供扱いするつもりはない。今度こそ、ぼくのほんとうの妻になるんだ――フルタイムの主婦にね！　自分に正直な男なら、誰でもそんな妻を求めているはずだ。昔ながらの、家庭を愛し子供を産み育てる妻を!」

マーニーの顔から血の気がひいた。傲慢で心ない言葉に、マーニーは深く傷ついていた。

「わたし、あなたが憎い!」ささやくような声だった。マーニーは青ざめて歯をくいしばった。

「憎しみは愛でもある」愚弄《ぐろう》するような言い方だった。「いくら憎いと思っても、ぼくの指がふれただけで、きみの体は熱く燃えあがるだろう。きみにもわかっているはずだ!」

ガイはそうきめつけて、震えるマーニーの体に視線を落とした。マーニーは胸を波打たせ、あえぐように息をしていた。白いシャツの下で、乳首がつんと立っている。

「きみの体はぼくを求めている。きみが欲望を必死に否定しようとするのはそのせいだ。きみはぼくがほしくてたまらないから、喜んでジェイミーの犠牲になったんだ。ぼくに抱かれるために!」

「嘘《うそ》よ!」声がかすれた。「あなたには指一本ふれられたくないわ!」

「そうかな?」ガイは甘くささやいて手をさしのべる。マーニーはたじろいで一歩さがった。

「あなたに抱かれたがるのは、いかがわしい女だけよ。ちゃんとした女性が相手をするわけないわ。あの節操のなさを見せつけられたらね!」

「きみはありもしないことを想像しているんだ!」ふれられたくない話題になったせいか、

ガイは語気を荒くした。「だが、あのころの話はしたくない。もうきみに事情を説明する気がなくなったんだ。マーニー、過ぎたことは忘れろ。これからは新しいルールにしたがうんだ。議論は無用だ」

過ぎたことは忘れろ。ガイの言葉がむなしくこだましている。怒りが一気にひいてゆき、けだるさだけが残っていた。ガイの最後の一言は、マーニーをものの見ごとに屈伏させた。

「絵の仕事だけは、つづけさせて」この願いさえかなえてくれるなら、ほかはなんとか我慢できるかもしれない。「お願い、これ以上なにも望まないから！」ガイは承知してくれそうになかった。「あとはなんでも……言うとおりにするわ。でも、絵を描くことだけは許して！」

「あいにく、今回は妥協するわけにはいかない」ガイはとりつくしまもなかった。「最初の結婚に失敗したのは、きみの仕事のせいだ。また同じ失敗をくり返したくない」

「じゃあ、あなたも浮気をやめる？」

「やめてほしいかい？」穏やかな声だった。

ばかばかしい。マーニーは目をとじて、苦い思いをのみこんだ。「お好きなように」吐息をもらし、ドアのほうへ歩いていく。「わたしにはどうでもいいことだわ！」

「それならなぜ大騒ぎするんだい？　どうでもいいと言いながら、けっこう気にしているんだな。いささか気にしすぎじゃないのかい？」

マーニーは痛いところをつかれて、ふり返った。「一生あなたを恨むわ！　無理やり言うことを聞かせようとするあなたを！　それでもいいの？　あなたはそんな女を妻にするつもり？　あなただって犠牲をはらうことになるのよ。それでもわたしとよりをもどしたい？」

「もちろんさ」ガイがマーニーに体を寄せてきた。マーニーは慌てて一歩さがったが、固い木のドアに背中をおしつけられてしまった。

「さわらないで」そうつぶやいて、ガイの手をはらいのけようとする。「ぞくぞくするわ！」

ガイがにやりと笑った。「どういう意味だい？」ガイがマーニーのウエストをつかんで抱き寄せる。シルクのシャツが肌に吸いつくようだった。

マーニーの体が激しく震えはじめた。息ができない。「やめて」ガイの唇が近づいてきた。

「ほんとうにやめてもいいのかい？」

マーニーは唇を奪われた。理性がこなごなに砕け散り、まじりけのない官能の喜びに変わっていった。ガイの手がシルクのシャツをゆっくりとたくしあげていく。マーニーは口づけに溺《おぼ》れそうだった。ガイはつらくなるほど長い時間をかけて、マーニーの下半身をむきだしにした。ガイのほてった体を肌で感じて、マーニーはもがいた。このままでは官能の波にさらわれてしまう。

マーニーは欲望の海にひたっていた。とじていた唇がひらき、ガイの口づけが濃厚になっていく。たくしあげられたシャツの下に、ガイの両手が滑りこんだ。ガイはてのひらでマーニーの乳房を包み、おしあげて、ふれられることを待ち望んでいた二つの頂を親指でたくみに愛撫《あいぶ》した。

マーニーは思わず声をもらし、本能のみちびくままガイに身を寄せた。ひきしまった体に両手を這《は》わせて、たくましい肩にすがりつく。「やめて」あえぐようにマーニーは言った。

ガイは耳を貸そうとしなかった。マーニーはガイのはりつめた筋肉に爪を立てた。心のなかで官能の嵐《あらし》が猛《たけ》りくるっている。「マーニー、いいかげんに抵抗はやめろ」ガイが甘くささやいた。「ほんとうは抱いてほしいんだろう？」

「いいえ……」

「嘘だ！」ガイはうっとりする口づけでマーニーに唇をひらかせた。こんなのは初めてだ。執拗《しつよう》で、激しく、むさぼるようなキスだった。頭がくらくらする。朦朧《もうろう》とする意識のなかで、マーニーは必死に抵抗した。が、もう手遅れだ。ふたりは息をはずませ、無我夢中で舌と舌をからませた。

ガイが手を移動させた。このまま胸のふくらみを愛撫しつづけて、とマーニーが訴える間もなく、ガイの両手が滑りおりていった。ガイがマーニーの腰を抱いて下半身を前に突き出す。いつの間にか、ガイはローブの前をはだけていた。震える脚のあいだに脈打つ高まりをおしつけられて、マーニーは思わず息をのんだ。

「ああ、天国にいるようだ」ガイはそうつぶやいて、マーニーの首筋に唇を這わせた。

マーニーは黒い胸毛に顔をうずめた。しっかりしなければと思いながら、大きく息を吸ってみる。けれども、唇に直接ひびくガイの心臓の音がマーニーにすべてを忘れさせた。ふたりは今、一つになろうとしていた。こうして肌を重ねていると、快感に酔いしれそうだ。ガイは指先に神経を集中し、マーニーのやわらかな体を愛撫しつづけている。いつしかマーニーもガイの肩に手をのばし、はりつめたうなじに指をからませていた。

ガイが身動きした。激しく体を震わせて、また完全に動きを止める。ガイの息遣いは荒かった。自制心を失う寸前まで来ているようだ。

「ガイ」マーニーはなんとか声を出したが、自分でもなにを言いたいのかわからなかった。

「マーニー、さっきの約束は取り消させてくれ」マーニーの首すじに唇をあてたまま、しゃがれ声でガイが言った。「きみと一つになりたいんだ」

ああ、なんてこと。マーニーは目をとじた。いけないわ。抵抗しなければ、欲望に負けてしまう。ガイはあの時もこうだったのだ。アンジーの腕のなかにいたときも……。

「いやっ!」マーニーはかろうじてガイの体をおしのけた。マーニーの意外な反応に驚いて、ガイがふらふらと後ろにさがる。マーニーはドアに顔をおしつけて激しく身を震わせた。

「なぜだ?」あからさまな欲望を感じさせる声だった。「きみもぼくを求めているはずだ! 自分に嘘をつくのはやめろ!」

「わたし、自分自身がいやになるわ」マーニーはみじめな思いでそう言うと、ガイのほうにむきなおった。苦悩をたたえた瞳から涙がこぼれそうだ。「あなたにわたしの気持がわかる? 浮気の現場を目撃しても、まだあなたに抱かれたいと思っている、わたしの気持が」

ガイは真っ青になり、訴えるかのように手をさしのべた。「誤解しないでくれ! マーニー、あの時ぼくは……」

マーニーはふらつく足であとずさり、両手で我が身を抱きしめた。「やめて」声をつまらせ、ガイの釈明の言葉をさえぎった。「あなたがなんと言おうと、あの夜のことは忘れられないわ。言い訳しても無駄よ、ガイ、わかった?」

マーニーは嗚咽《おえつ》をもらし、逃げるように部屋を出た。苦い思い出とともに……。

あのいまわしい夜のことは、今でもはっきり覚えている。あの夜、ガイとアンジーは一つのベッドで寝ていたのだ。ガイはマーニーに見られたと知ってすぐ帰宅した。けれども、マーニーはアトリエに鍵《かぎ》をかけてとじこもり、決してドアをあけようとしなかった。しまいにガイは業を煮やして、アトリエのドアを蹴破《けやぶ》った。「話を聞いてくれ」鍵が壊れて、木製の頑丈なドアがすさまじい音をたててひらいた。ガイはふらつく足で立っていた。「きみは誤解している！」

あれほどしどけないガイの姿を見たことはなかった。大慌てで身支度したらしく、シャツの胸は半分はだけ、ズボンは皺だらけで、ベルトもしていなかった。上着も忘れてきたようだった。血の気のない顔はやつれて見えた。瞳には狂おしげな光が宿り、絹糸のような黒髪もくしゃくしゃだった――アンジーの仕業にちがいなかった。

マーニーは悲しかった。四年たった今でも、生々しい悪夢がよみがえってくる。

あの夜、マーニーはガイの話を聞くどころか、顔を見ようともしなかった。ガイは激しく震えながらマーニーを抱き寄せた。「マーニー、頼むから、ぼくの話を聞いてくれ！」

ウイスキーの強烈なにおいが、アンジーの残り香とまじりあい、マーニーは吐き気をもよおした。ガイにふれられるのもいやだった。マーニーは身をよじって逃げ、バスルームに駆けこんだ。ガイはドアの柱に寄りかかり、嘔吐《おうと》するマーニーの姿をつらそうに見ていた。

「ぼくは酔っていたんだ。朝からずっと飲みつづけだった。デレクの家に行った時は、正体もなく酔っぱらっていた。デレクは酩酊《めいてい》状態のぼくを見て、二階のあの部屋へつれていき、服をぬがせてベッドに寝かせてくれた。あとはなにも覚えていない。目がさめたら、アンジーがいたんだ……」

　マーニーはさっとガイにむきなおった。その瞳にはある種の狂気が宿っていた。嘔吐したあとなので、体に力が入らなかった。が、つらい思いをしたせいか、アドレナリンの分泌が高まって、熱にうかされたような気分だった。マーニーはガイに強烈な平手打ちをお見舞いし、頬を爪でひっかいた。

　ガイは身をひこうともしなかった。青ざめた顔にけわしい表情を浮かべ、苦渋に満ちた目でマーニーを見ながら、なすがままになっていた。

　マーニーはなにがなんだかわからなくなり、茫然《ぼうぜん》として、ガイの頬を伝い落ちる血を見ていた。自分がガイに怪我《けが》をさせたのだという意識はほとんどなかった。

「わたし、あなたが憎い」マーニーはガイが身震いするほど冷たい声でつぶやいた。「あなたなんかに、わたしの気持がわかってたまるもんですか。わたしはあなたを許さないわ、絶対に」

　立ち去ろうとしたマーニーをガイがひき止め、頼むから話を聞いてくれと懇願した。マーニーはガイに拳《こぶし》をふるい、足で思い切り蹴りつけた。なにをされても、ガイはやはり無抵抗だった。やがてマーニーは力つき、シャツをはだけたガイの胸に顔をうずめて泣いた。

　ガイはなにも言わなかった。マーニーを抱きあげて寝室へつれてゆき、ベッドに寝かせて羽根ぶとんをかけると、背をむけて去っていった。すすり泣くマーニーをひとり残して……。

それからずっと、マーニーはひとりだった。

7

「いいかげんにしろ」みじめな二日間が過ぎていったが、ふたりのあいだに生まれた緊張感はやわらぐ気配もなかった。空港からロンドン市街へ車を走らせながら、ガイはうんざりした口調で言った。「もう言い争いはたくさんだ！　寄り道をするつもりはない。きみは今夜ぼくの部屋で寝るんだ！」

マーニーは不満げに口をむすんでいた。ガイも機嫌がわるそうだ。エジンバラで自家用ジェット機に乗りこんでからずっと、ふたりは今夜マーニーがどこで寝るかについて口論をつづけていたのだ。

マーニーは疲れ、いらだち、ふさぎこんでいた。ほとんど眠っていないので、疲労がピークに達している。エジンバラで過ごした二晩、マーニーは暗い思い出やガイへの欲望と闘って、眠れずに寝返りばかり打っていた。いまいましいことに、マーニーの体はガイが与えてくれた官能の喜びを忘れてはいなかった。マーニーが誘惑に負けさえしたら、あの快楽をまた味わえたはずだ。

「わたしは逃げたりしないわ」マーニーは物憂げな吐息をもらした。

「そうかな？　きみの言葉は信用できない。つべこべ言うのはやめろ！」

「わたしは自分のベッドでゆっくり眠りたいだけよ、明日ロベルトに会うんだから！　見て」マーニーのドレスは皺《しわ》だらけで、見るにしのびない状態だった。「このひどい格好！　わたしはシャワーを浴びて、着替えをして、自分のベッドで最後の夜を過ごしたいの！　逃げるなんてとんでもないわ！　そんな体力残ってないもの！」

「エジンバラで新しいドレスを買ってやると言ったのに、きみが意地をはって拒否したんじゃないか。その格好は自業自得だ。ドレス以外に必要なものは、ぼくの部屋にもおいてある」

「だめだ」

「でも、今夜じゅうに荷物をまとめたいのよ。明日じゃなくて」甘えるように言ってみた。

マーニーはガイをにらんだ。「あなた、小さい時いじめっ子だったでしょう？」

「とんでもない、ぼくはいい子で有名だったよ」ガイの笑顔を見るのは久しぶりだ。「いじめたくなるのは、きみだけさ」

「わたしが言いなりにならないからね」

「きみがいつまでも意地をはりつづけるからだ！」ガイはマーニーをちらりと見てため息をついた。「おたがいに疲れているようだな。マーニー、ぼくは以前きみに裏切られたことを忘れてはいない！　あんなつらい思いは二度と味わいたくないんだ」

そう、あなたもつらい思いをしたのね。よかった。当然の報いだわ。わるいのはあなたなんだから。わたしは同情なんかしないし、罪の意識も感じない。でも、悲しみを覚えずにはいられなかった。苦しんだのは、あなただけじゃないのよ。

黙って家を出て六カ月後、ロンドンにもどったマーニーの耳に、ガイの噂《うわさ》はいやでも入ってきた。噂では、マーニーが行方不明になってから仕事が手につかなくなった息子にかわり、ロベルトが経営責任者として復帰したらしかった。あらゆる手を尽くしてもマーニーが見つからないので、ガイは酒で憂さをまぎらしていたという。

マーニーはまた世間に出る自信がつくまで、とある村に身を隠していた。ロンドンへの帰還は、しかるべき方法でガイに伝えた。離婚の申請をしたことを告げる正式な文書を送りつけたのだ。

ガイは激怒し、わめき立て、脅迫めいた言葉を吐いた。が、それでもマーニーの心が変わらないと知ると、やがて説得をあきらめた。

とはいえ、離婚に応じたわけではなかった。「罪のつぐないならどんなことでもするつもりだ。だが、結婚の誓いを破ることは、断固として拒否する。きみがなんと言おうとな」

「わたし、あなたとよりをもどす気はないわ。あなたが離婚を拒否するかぎり、ふたりともほんとうの意味で自由にはなれないのよ」

「それならそれでいいさ。ただし、離婚はだめだ。心の傷は時が癒《いや》してくれる。いつかきっと、きみがぼくを許す日が来るはずだ。それまでは形だけの夫婦でいればいい」

マーニーが最後の切り札を使わなければ、ガイの言葉どおりになっていただろう。「離婚届に署名するのよ、ガイ。さもないと、あなたを姦通罪《かんつう》で告訴するわ。アンジーの名前を出して、醜い事実を洗いざらい裁判所でぶちまけてやる」

ガイはため息をついた。それが現実になったら、ロベルトがひどいショックを受けるにちがいない。さすがのガイも、マーニーの言葉をただのこけ脅しとしてかたづける度胸はなかった。

その時、車が止まった。マーニーは目をしばたかせ、過去へとさまよっていった思考の流れを止めた。いつの間にかガイの高級マンションの地下駐車場に着いていたようだ。

「おりるんだ」ガイはシートベルトをはずし、身のこなしもしなやかに、車体の低い車からおりた。マーニーも外に出てのびをした。ガイは車のトランクをあけてスーツケースを出している。

ふたりは無言でエレベーターに乗り、最上階のペントハウスまであがっていったが、一触即発の雰囲気のなかで口論を避けるため、おたがいに目を合わせないようにしていた。

マーニーはガイのあとについて部屋に入っていった。室内は以前とほとんど同じだ。壁は塗りなおしてあるものの、それ以外に変わったところはなかった。なんだかタイム・トンネルを抜けて過去にもどってきたみたいだ。

マーニーはかすかに身を震わせた。

「部屋は知っているだろう。好きなゲストルームを使ってくれ。ぼくはスーツケースをおいてくる」ガイはキャラメル色とクリーム色に塗りわけられた広い廊下を通って主寝室へ行こうとしていた。「いい子だから、冷蔵庫をのぞいてみてくれないか。ミセス・デュークスがなにか作っておいてくれたはずだから」肩ごしにガイが声をかけてきた。

「まだミセス・デュークスに来てもらってるの？」マーニーは驚いた。家政婦のミセス・デュークスは干したすもものような顔をした女性で、ガイがマーニーと結婚する前からここで働いていた。

ガイが足を止め、皮肉な顔でふり返った。「ぼくを好いてくれる人もいるんだよ」ゆっくりした口調でそう言って、ふたたび寝室にむかう。マーニーは痛いところをつかれた。

冷蔵庫にはチキンのトマト煮こみが入っていた。温め方を指示した紙が皿の上にのっている。

つい口元がほころんだ。マーニーもガイも料理が苦手だった。ミセス・デュークスはせっかく作った料理を台なしにされないように、ていねいなメモを残していくことに決めているのだ。

マーニーは指示どおり料理を温め、リストをいちいちチェックして、子供っぽい楽しみを感じた。ミセス・デュークスは無口でよそよそしいタイプの女性だ。親切ではあるけれど、打ちとけにくい雰囲気があり、キッチンは自分のなわばりだと考えている。昔、ふたりは夜中に空腹を感じると、行儀のわるい子供のように冷蔵庫をのぞきに行ったものだ。ミセス・デュークスのキッチン、ミセス・デュークスの冷蔵庫、などと戯れに言いながら……。

マーニーはいたたまれなくなり、慌ててキッチンを出た。ゲストルームへ行こうとしたが、一つのドアの前で足が止まった。そこはかつてアトリエにしていた部屋だった。四年前、ガイと大喧嘩《おおげんか》したあの夜から一度も入ったことのない部屋だ。

キッチンがミセス・デュークスのなわばりであるように、アトリエはマーニーのなわばりだった。この部屋は北むきで、大きな窓があり、マーニーの希望どおり改装してあった。当時はガイもマーニーのために援助を惜しまなかったのだ。

マーニーはためらいがちにドアノブをまわして、静かに部屋のなかへ入っていった。なにもない。ショックだった。かつて大切にしていたものが、きれいさっぱりなくなっている。涙で目がかすんだ。マーニーは力なく歩を進め、部屋の中央で立ち止まった。

すべてが失われてしまった。窓際においてあったイーゼルも、絵筆をとる前に何時間も下絵を工夫したデッサン・ボードもない。裏返しにして壁にもたせかけてあったカンヴァスもなくなっている。愛着を感じて手ばなせずにいたものの、壁に飾る気になれなかった絵が、一枚残らず消えていた。

かつてはここでガイの絵を描《か》いたのだ。ガイはあそこに立っていた。マーニーは涙に曇った目で床の一点を見た。あそこでガイはヌード・モデルになってくれた。いつもどおり傲慢《ごうまん》な態度で……。

「こうかい?」ガイはわざと挑発的なポーズをとろうとした。「このほうがいいかな?」

そう言っては、目のやり場に困るポーズをとる。画家としてプロ意識を忘れずに、ガイにちゃんとしたポーズをとらせるのは一苦労だった。「こんな衣装を着せられて、おとなしく立っていられるもんか」

「どこに衣装があるのよ!」マーニーは笑った。

「そのうちきみも、ぼくと同じ格好になるさ」

しかし、今はすべてが失われてしまった。残っているのは、特別な思い出の余韻だけ……。

「この部屋をかたづけさせたんだ、きみがもどってこないとわかった時に」ドアのあたりで声がして、ふり返るとガイがいた。「絵はとりに来ると思ったんだが……」ガイは肩をすくめた。言いたいことはわかっている。重苦しい沈黙があった。

マーニーは涙でかすむ目をしばたいた。「わたしの絵をどうしたの?」

「しまっておいた」ガイがまた肩をすくめた。「オークランズに置いてある」ガイはがらんとしたアトリエを見まわした。「ここにあったもの全部だ」

家出したあと、マーニーはここへもどる気にはなれなかった。絵の道具や大切な作品をとりに来るためだったとしても……。

「だから、オークランズに腰を落ち着けたら、また絵を描けるようになる。仕事で家をあけてもらっては困るが。ところで、キッチンに料理は用意してあったかい？」

絵の仕事の話はそれでおしまいだった。マーニーの口元がこわばって、なごみかけた心もかたくなになった。「チキン・カッチャトーレがあったわ。あと十五分で食べられるはずよ」

「そうか」ガイはうなずいた。「食事の前にシャワーを浴びる時間がありそうだな」そう言って、ドアの柱にもたせかけていた体を起こした。「今夜はどの部屋で寝るか決めたかい？」

「どこだっていいわ。わたしの持ち物は、なに一つ残ってないんだから」マーニーは刺《とげ》のある返事をしたが、喧嘩をする元気はないので、そっけなく言いそえた。「主寝室の隣の部屋を使わせてもらおうかしら。あなたがどうでもよければ」

「どうでもいいわけはないだろう、きみにもわかっているはずだ」マーニーににらまれて、ガイは大きなため息をついた。「だが、好きな部屋を使うがいいさ。ミセス・デュークスのおかげで、ゲストルームはいつでも使える。不意に客が来ても困らない」

「わたし、着替えをしたいんだけど」マーニーは立ち去りかけたガイの背中に声をかけた。

「着るものもみんな処分したんでしょうね？」

「ああ。きみのお気に入りの慈善団体に寄付させてもらったよ。なにかと不平の多いきみも、それなら文句はないだろう！」

「あのきれいなドレスを一枚残らず救世軍に寄付したっていうの？」信じられない。

「ぼくにどうしてほしかったんだ？　きみがドレスをとりに来る日のために、ガラスのケースに入れて大切にしまっておけばよかったのか？」

「ちがうわ！　わたしはただ……」言葉がつづかなくなった。なにを考えているのか自分でもわからない。今の今まで、ドレスのことなんか忘れていたはずなのに。「もう……もういいわ」

ガイもこの話をつづけたくなかったらしく、厳しい顔をしてうなずいた。「とりあえず、ぼくのパジャマと来客用のバスローブを使ってくれ。明日の朝いちばんに、きみのフラットへ行って荷物をとってこよう。それで気がすむなら」

ガイはいらだたしげに姿を消した。マーニーもアトリエを出て、主寝室の隣のドアをあけた。ガイと口論ばかりしていたせいか、心のなかをひっかきまわされたような気分だった。

ああ、神様。マーニーは力なくベッドに腰をおろした。どうしてわたしはガイとよりをもどすことを承知したの？　みじめになるだけだとわかっているのに……。今だって、つらい記憶がつきまとってはなれない。ガイと一緒にいると、忘れたかった過去が次々によみがえってくるのだ。

いい思い出と、いやな思い出と、どっちが多いのかわからなくなってしまった。なんだか怖い。ガイへの憎しみが薄らぎつつあるんだわ……ガイがいつも言っていたように。

「さあ、持ってきてやったぞ。これを……」

ガイがふと足を止めた。マーニーの絶望的な顔を見て言葉を失っている。

「マーニー」ガイはため息をつき、深刻な表情を浮かべてマーニーに歩み寄った。パジャマとローブを投げ捨てて、ひざまずいてマーニーの手をとった。指が長くて華奢《きゃしゃ》な手だ。いかにも芸術家らしいその手は冷たく、小刻みに震えていた。ガイがまたため息をつき、マーニーの両手に唇をおしあてた。ガイは上着とネクタイをどこかにおいてきたようだ。いちばん上のボタンをはずしたシャツの胸元から、日焼けした肌がのぞいている。ガイの肌は消えゆく日ざしのなかで金色に輝いていた。

「許してくれないか？」唐突にガイがつぶやいた。「このみじめな状態から抜け出して、おたがいへの理解を深める努力をしようじゃないか」

マーニーはガイを見た——端整な顔立ち、シャープな骨格、褐色のなめらかな肌。吸いこまれそうな黒い瞳には、嘲《あざけ》りやいらだちの色はなかった。厳しさと優しさを感じさせる口元に、物憂げで悲しそうな表情が浮かんでいる。マーニーとそっくり同じ表情が……。

「なんとか……努力してみるわ」声がかすれた。息を深く吸いこむと胸がつまって、アトリエを見た時から抑えていた涙があふれてきた。

ガイの唇がゆがんだ。マーニーの気持を察したのだろう。光り輝く長い髪を、ガイがそっとマーニーの顔からはらいのけた。青ざめた頬を一粒の涙が伝い落ちていく。ガイは震える唇の端に涙の雫《しずく》が届いたのを見て身を乗り出し、優しいキスで涙をふいてくれた。

「ぼくはこれ以上なにもいらない」かすれた声でガイがつぶやく。「これ以上なにも」

マーニーは落ち着こうとして両手をひっこめ、ベッドに座ったまま姿勢を正して、ガイから肉体的にも精神的にも距離をおいた。

「ほうっておくとチキンがまずくなっちゃうわ」マーニーは沈んだ笑みを浮かべてみせた。

「まだ大丈夫さ」ガイが察しよく立ちあがる。「急いでシャワーを浴びてからキッチンで会おう。五分後に」ガイはドアのほうに行きかけてやめ、ふり返ってゲストルームを見まわした。

「ほんとうにこの部屋でいいんだね？」

マーニーも立ちあがった。「ええ」気のない返事だった。「いいわ」

「マーニー……」ガイが片手で髪をかきあげた。なんだか迷っているようだ。「主寝室のほうがよければ、ぼくがここで寝てもいいんだが」

ガイのしぐさと口調が気にさわった。「だめよ。あそこはわたしの部屋じゃないもの。あなただって、自分のベッドのほうがよく眠れるはずよ。主寝室を使わせてもらうなんてとんでもないわ」

「よく眠れる？　きみはなにを言っているんだ」ガイは片手でうなじをおさえ、マーニーを見て苦笑した。「おととい から、ぼくは一睡もしてないんだぞ。一晩じゅうベッドのなかで聞き耳を立てているんだ。きみがまた逃げ出すといけないから」

「逃げやしないって言ったじゃないの」

「そうだったな」ガイはうなじにおいた手をおろし、拳《こぶし》をかためた。「でも、安心できないんだ。ところで、きみはなぜ眠れないんだ？」

あなたのせいよ。あなたと過去の思い出と、わたし自身の不吉な考えのせい。「ガイ、誓ってもいいわ。わたしは絶対に逃げたりしません。どう？　これで少しは安心した？」

「いや」ガイがほほ笑んだ。「しかし、それでよしとしておこう。じゃあ、五分後に」

ひとり残されたマーニーは困惑を感じた。

夕食の席での会話ははずまなかった。マーニーはパジャマを着て、長すぎる袖《そで》を折り返していた。キッチンに入っていくと、ガイがマーニーを見てにこりと笑ったが、特になんとも言わなかった。マーニーがおとなしくガイのパジャマを着ただけで、緊張した空気がなごんだようだ。

チキンはまずまずの味で、パスタも食べられないことはなかった。ふたりはイタリアの白ワインで料理を流しこんだ。

夕食がすむとすぐ、マーニーはあくびをして席を立った。早くベッドに入りたい。今夜は少しでもいいから睡眠をとりたかった。これだけ疲れていれば眠れるはずだ。

さいわい、マーニーは横になってすぐ眠りに落ちた。なんだか繭のなかにいるような気分だった。シルクのパジャマの官能的な肌ざわりがエロチックな夢をつむぎ出す。夢に出てきたガイは、もう敵ではなかった。マーニーは夢のなかでガイとベッドをともにした。あたりまえのことのように。

ガイの体をまさぐるマーニーの指さきに、きめこまかな革のような肌がふれた。ガイの優しい口づけを受けた唇がとろけそうだ。

マーニーは思わず喜びの声をもらした。

「もう一度おやすみ」ガイがささやく。

もう一度おやすみ……? マーニーははっとして目をあけた。夢からさめたはずなのに、自分はまだガイの腕のなかにいる。心臓が狂ったように打ちはじめた。

「ここでなにをしてるの?」マーニーはなんとか声を出して身をひこうとした。

だが、そうさせてはもらえなかった。「落ち着いて」けだるい声でガイが言った。「ぼくはきみを誘惑しに来たんじゃない。誤解しないでくれ」

「だったらなぜ来たの?」マーニーがにらんで問いつめると、ガイはとじていたまぶたをあけた。

「眠れなかったから来たんだ。一種の気やすめさ。でも、それなりの効果はあった」ガイがあくびをして目をつむった。「もう起きていられない」

「だめよ!」マーニーはガイの肩をつかんだ。てのひらにサテンのような肌がふれ、筋肉質の体からぬくもりが伝わってくる。「ガイ!」マーニーはガイの体を揺すぶった。目をさまさないわ! 信じられない! なんて厚かましいのかしら、わたしのベッドにもぐりこむなんて。マーニーはため息をつき、ガイの肩をぴしゃりと打った。反応がないのでまたため息をつき、枕《まくら》に頭をおく。あきらめるしかなさそうだ。

「くだらない駆け引きをするつもりなら容赦しないわよ、ガイ・フラボーサ!」そうつぶやいて、ガイの顔をじっと見た。もしかしたら、ガイは寝たふりをしているだけかもしれない。

ガイの呼吸に乱れはなかった。口元もややゆるんでいる。まぶたをとじているので、黒く長いまつげが頬骨の上でみごとな曲線を描いていた。

マーニーは疑わしげな目で観察した。ガイの顔はすぐそこにある。わたしが油断したら襲いかかるつもりかしら。でも、そんな気配はない。やわらかな羽根ぶとんに包まれて、ガイはすっかり緊張をといていた。そのうちにマーニーもガイに寄りそっていることに抵抗がなくなってきた。脚をからませ、ガイの腕に抱かれていると、息をするたびに胸の頂がガイの肌をこすった。

わたしをこんなふうに抱いたのは、このひとだけだった。ガイ、わたしが愛し、憎んだひと。

「どうしてわたしをこんな目に遭わせるの？」マーニーはガイの寝顔にささやいた。「こうしていると、心がなごむのはなぜかしら」

マーニーは吐息をもらし、悲しげな目をしてガイにそっと口づけをした。反応はない。ガイはぐっすり眠りこんでいて気づきもしなかった。

また一つ吐息をついて、マーニーは枕に頭を沈めた。傷つきやすい表情を浮かべてガイの寝顔を見守っていると、まぶたがだんだん重くなり、体から緊張がとけていった。

やがて眠りが訪れた。

朝が来て、マーニーは心ならずもガイの暖かい腕のなかで目をさました。黒褐色の瞳がけだるそうにマーニーを見ている。

「いい気分だ」ガイはマーニーがやましくて言えなかったことをためらいなく口にした。「眠り姫をキスで起こそうかと思ったんだが、仕返しが怖くてできなかったよ」

マーニーは目をふせてすぐ後悔した。なんということだろう。昨夜ガイの肩にのせた手がそのままになっている。マーニーはゆっくり手をはずした。が、今度はその手のおきどころがなくて困った。まさかガイの素肌にふれるわけにもいかない。

「こっちだ」ガイはマーニーの手をとって指さきに軽くキスすると、羽根ぶとんの下にある体の隙間《すきま》に入れた。「きみは自分がどれほど安らかに眠っていたか知っているかい？寝返り一つ打たないで、寝息もほとんどたてないんだからな。以前は、きみの寝顔を飽きもせず眺めたものさ。幸せそうに眠るきみがうらやましくてね」

「安らかに眠れないのは、あなたの脳細胞があまりにも元気すぎるからよ」気を許していないはずなのに、つい口元がほころんでしまった。

「元気なのは脳細胞だけじゃない」

マーニーは真っ赤になって話題を変えた。「なんだか白髪が増えたみたいね」そう言って、羽根ぶとんの下で握られていた手をひき抜き、ガイのこめかみのあたりの髪を指でとかした。

「父は五十前で総白髪になったからな」ガイは急に言い訳がましい口調になった。

マーニーはガイの警戒するような目をのぞきこんだ。「けなしたわけじゃないのよ」ガイが弁解めいた言葉を口にした理由はわかっている。「わたしね、白髪まじりの髪が好きだったの。あなたは今のほうがずっと立派に見えるわ。もちろんロベルトの髪も好きよ」

マーニーはそう言って、慌てて親密さを打ち消そうとした。「気品を感じるから」

ガイはかすかな笑みを浮かべて、マーニーの髪に目をやった。赤みがかった金色の髪が、さざ波のように枕の上に広がっている。ガイは絹糸を思わせる髪を一筋手にとり、まぶたをとじて、かぐわしい薔薇《ばら》にも似た香りをかいだ。マーニーはたまらなくなった。ガイにかかったら、なにげないしぐさまでセクシーに見えてしまう。

ガイがゆっくり目をあけた。「わたし……」マーニーは言いよどんだ。自分でもなにを言いたいのかわからない。ふたりのあいだに起ころうとしていることをおしとどめるには、なんと言えばいいのだろう。

ガイの瞳が翳《かげ》った。マーニーの肩にガイが手をおく。ガイは自分の意図を伝えるかのように、マーニーの体をゆっくり仰向けにして肌を合わせた。

「いやならはっきり言ってくれ」かすれ声でガイがささやき、ふたりの唇が重なった。

8

髭剃《ひげそ》り前のざらざらした顎が、マーニーの敏感な肌をかすめた。本能のみちびくまま、ふたりはたがいを求めあった。マーニーは体をひらき、力を抜いて、ガイの体重を全身で受け止めた。官能のおののきが身内を突き抜けていく。

長い長いキスだった。ガイは熱くなることも、さめることもない口づけをつづけていた。欲望にまかせて舌をからませ、強引にマーニーと一つになるつもりはなさそうだった。

こうして悲しい過去をとりもどせるなら、それだけでいい。ふたりはぬくもりと優しさのこもったキスを交わした。情熱の炎に身を焦がさなくても、満たされることはできるのだから。

マーニーはガイの喉からうなじへ両手を滑らせ、漆黒の髪に指をうずめた。

ガイの唇から吐息がもれる。ガイはマーニーの髪を指にからませ、両手で顔を包みこみ、マーニーの腰を浮かせた。ガイの体がかすかに動きはじめる。リズミカルに突きあげるような動きだった。マーニーはたまらなくなった。

どちらがさきに唇をひらき、どちらがさきに舌をからませたのだろう。いつしかふたりは熱のこもったキスをしていた。息遣いが荒くなり、二つの体がもどかしげにぶつかりあう。マーニーはガイの高まりを感じて息をのみ、その官能的な動きに合わせて体を弓なりにそらした。

「ガイ」熱にうかされたような声だった。

「黙って」ガイが言った。濡《ぬ》れた唇がマーニーの頬を撫《な》で、耳たぶを愛撫《あいぶ》しはじめる。ガイはマーニーが着ているパジャマのボタンをはずし、前をはだけて、素肌に胸板をおしつけた。

マーニーは喜びをすなおに体であらわした。ガイが震えるため息をつき、ふたたびマーニーの唇を奪う。誘うようなキスだった。ガイは両手を下へ滑らせ、マーニーのやわらかな体をまさぐった。ガイの腰はリズミカルに動きつづけている。

ガイの肌が汗で光りはじめた。なつかしいムスクの香りが鼻孔をくすぐり、マーニーは思わず声をもらした。指さきに力を入れて、ガイのたくましい肩から腰へ、腰からわきへと両手を這《は》わせる。ガイが身を震わせた。マーニーの手は両脚のつけ根の敏感な部分をさまよっている。ガイの腰の筋肉が収縮した。マーニーはガイの腰骨を包みこむように手をおいて、挑発的に指さきを動かした。

マーニーが愛の行為に加わると、ガイはもうためらわなかった。あえぐように何事かつぶやいて、マーニーのパジャマのズボンをぬがせにかかった。

マーニーの心の奥でなにかが弾《はじ》け、今まで抑えてきた情熱が堰《せき》を切ったようにあふれだした。マーニーはたくみな愛撫に身をまかせ、うめきながらガイの下唇に歯を立てた。ガイがはっとして身をひく。マーニーの上気した顔を、ガイの熱いまなざしがとらえた。マーニーの心のなかで吹き荒れる嵐《あらし》を見てとったのだろう。ガイが小声でなにか言い、マーニーをリラックスさせようとした。

「いやよ、こんなこと！」みじめな思いで、とぎれとぎれにマーニーがつぶやいた。

「嘘《うそ》だ」ガイが震える手をのばし、いたわるようにマーニーの髪を撫でた。「いやだと思いたがっているだけさ」そうつぶやいて、マーニーが辛辣《しんらつ》に一言返す間もなく唇を重ねた。燃えるような口づけに、マーニーはすべてを忘れた。今はただ、官能の喜びを肌で感じたいだけだ。

しだいにガイの愛撫が濃厚になってきた。こうなったらもう理性をとりもどすことはできない。ガイはマーニーの体にそっと歯を立て、舌を這わせて、唇を素肌におしあてた。狂おしい欲望にマーニーの呼吸が乱れる。突き出した胸の頂をガイが唇でとらえ、強く吸った。うずくような感覚がマーニーの体を走り、強烈な快感が広がっていった。

「ぼくがほしいんだね？」ガイはマーニーの体のことなら、本人が知らないことまで知っている。

「ええ」マーニーはもう否定しなかった。

「どのくらい？」激しい愛撫で敏感になった乳首をガイが舌で転がした。マーニーは思わず喜びの声をあげた。

だが、返事はしなかった。マーニーは荒い息をしながら歯をくいしばり、ガイが聞きたがっている言葉をのみこんだ。

ガイの吐息がかかった肌が熱い。汗に濡れたガイの体は、ゆるやかで官能的なリズムを刻んでいた。ガイは自分の魅力を知りつくした男らしく、たくみな愛撫でマーニーを高みへとつれていった。

息ができなくなりそうだ。体の芯《しん》に欲望がつのっていく。なんだか波間をただよっているような気分だった。手足がこわばる。マーニーは歓喜の靄《もや》に包まれて恍惚《こうこつ》としていた。

「どのくらいぼくがほしい？」

身も心も、魂までも、あなたがほしい。ガイはかつて愛を交わすたびにマーニーに言わせた台詞《せりふ》を聞きたがっている。でも……。

マーニーはかぶりをふった。「ほしくなんかないわ」これ以上、深入りしてはだめだ。目に涙がにじんだ。心の内をさらけ出すような言葉は口にしたくなかった。「いや」消え入りそうな声だった。「いやよ、ガイ、絶対にいや」

「きみの体は、ぼくを求めて熱く脈打っている」ガイがささやいた。「芯まで満たされたくて、うずうずしているんだ！　きみの魂は、ぼくと一つになりたがっている。きみはそれをみとめようとしないが、ぼくにはきみの魂の叫びが聞こえる！」ガイはマーニーの左胸をてのひらで覆い、心臓の鼓動を肌で感じとった。「狂ったように脈打つこの胸も、ぼくになにかを訴えようとしているんだ」

「なにも……なにも訴えてなんかいないわ！」マーニーはガイをおしのけ、ベッドから転げ落ちるようにして立った。「あなたは暗黒の中世からやってきた人間みたい」マーニーはわななく我が身を抱きしめた。さもないと体が砕けてしまいそうだ。「あなた自身が与えることができないものを、どうしてわたしから奪おうとするの？」

ガイはベッドに全裸で仰向けになっている。その顔はいかめしく、無表情だった。「結婚した日に、ぼくはすべてをきみに捧《ささ》げたつもりだ」

マーニーはせせら笑った。パジャマの前をかきあわせ、官能にうずく胸を覆い隠して平静を装う。とり返しのつかないことになる前に、ガイの強引さのおかげで正気にもどれた。「ついでにアンジーにもすべてを捧げたってわけ？　彼女との情事はなんだったの？　一時の気の迷い？」

ガイがうなずいた。「そんなものさ。だが、このあいだも言ったように、アンジーとの過去は話したくない。もう終わったんだ」

「過ぎたことだから忘れたって言いたいんでしょう。だったら、過去の誓いにしばられる必要もないわ。二度めの結婚で絶対服従を誓わせたければ、あなたもそれなりの努力をするのね」マーニーはぎこちない足どりでバスルームへむかった。「いつまでベッドにいるつもり？　さっさと出ていってよ」そう言いながらバスルームのドアをあける。「今のあなたには、ここにいる資格がないんだから！」

マーニーは乱暴にドアをしめて鍵《かぎ》をかけ、頑丈な木のドアにもたれて目をとじた。

あのひとが憎い！　憎いわ！

けれども、そう思うと、やましくて胸が苦しくなった。ガイを憎んでいるはずなのに、一緒にいる時間が長くなればなるほど欲望がつのってくる。ガイがさっき図に乗らなければ、マーニーは今でもベッドのなかで歓喜に震えていただろう。

三十分後、マーニーはバスルームを出た。電話をかけるつもりでリビングルームに行ったが、ドアのところでふと足が止まった。ガイがやわらかなソファに座って新聞を読んでいる。

ガイは顔をあげなかった。マーニーはわきあがる欲望に負けまいとして頭をそらし、毅《き》然《ぜん》とした足どりで電話に近づいて、受話器をとりあげた。

「なにをしているんだ？」物憂げな声がした。

「ジェイミーに電話するのよ」受話器を耳にあてたまま、マーニーが答えた。「クレアのことが気になるから。それに……」

「ふたりとも留守だ」新聞のページをめくりながら、そっけなくガイが言った。

「留守？」いやな予感がする。「なぜ？　まさかクレアになにかあったんじゃ……」

「とんでもない！」ガイがため息をついた。「ばかなことを考えるのはよせ。クレアは元気だ」

「だったらどうして留守だとわかるの？　今日は土曜だけど、ジェイミーは仕事してるはず……」

「あのふたりのことはもう気にするな。きみがふたりの人生に首を突っこむ必要はない」

「気にするなと言われても困るわ！」マーニーは語気を荒くした。「家族ですもの！」

「このさききみが気にすべき家族はぼくだけだ」

「そんなことは納得できないわ！」マーニーがかぶりをふると、明るい色の髪が揺れた。

「わたし、喜んですべてを捨てるつもりだけど、家族まで捨てるのはごめんだわ！」

「喜んで？」ガイが新聞から顔をあげ、からかうような目でマーニーを見る。

「喜んでだろうが、いやいやだろうが、どっちだっていいじゃない？　覚悟はちゃんと決めたんだから。でも、ジェイミーとクレアまで、あなたにとりあげられるのはいやよ！」

「きみにはぼくがいる」

あなたなんかいらないわ！　マーニーはそう言ってやりたいのを我慢して、歯をくいしばって電話をかけた。が、誰も出ない。いくら呼び出し音を鳴らしても無駄だった。マーニーはゆっくりと受話器をおいて、ガイにむきなおった。

「ふたりをどうしたの？」声がかすれた。

「どうしただって？」ガイは愉快そうにマーニーを見てすぐ目をそらした。「おもしろい質問だな。ぼくが犯罪をおかしたとでも思っているのかい？　ひと目につかない場所で、ふたりを始末したとか」

「冗談はやめて！」そうたしなめつつ、疑わしげにきいてみる。「ふたりをどうしたの？」

ガイはため息をつき、マーニーの質問を無視して新聞をめくっていたが、やがて口をひらいた。「ふたりは今オークランズにいる。ジェイミーにまたうちで働いてもらうことにしたんだ。きのう、西門わきのロッジに引っ越したはずだ」

「ジェイミーが……オークランズで仕事を？」そんなはずはない。ジェイミーは二度とひとに雇われたくないと言っていたのだから。「なぜ？　どんないきさつで……」

「なぜかって？」嘲《あざけ》るような言い方だ。「ジェイミーに経営能力がないからさ。ついでに二つめの質問にも答えておこう。ぼくがそうしろと命じたから、ジェイミーはオークランズへ行ったんだ。商売道具をまとめて、かわいい妻をつれて。ぼくにひき渡す約束のあの車、MGマグネットと一緒にな。自分の罪を妹につぐなわせた翌日のことさ」

「なんてこと」ガイの手際よさにショックを受けて、マーニーは手近な椅子に座りこんだ。

「つまり……あなたがふたりを家財道具ごとひきとったということなのね？」

「そうだ。投資した資金を守るため、とでも言っておこうか」ガイが笑みを浮かべた。「ぼくの機嫌をそこねたら、ふたりは食べるものにも住む場所にも不自由する。となったら、じゃじゃ馬のようなぼくの妻もおとなしくなるだろうと思ってね」

マーニーは考えるのに忙しく、刺《とげ》のある台詞を理解する余裕がなかった。ガイはなにかを隠している――そしておそらくジェイミーも。マーニーの本能がそう告げていた。「ジェイミーの自動車整備場はどうなるの？」

「あれはもうぼくのものだ。月曜の朝いちばんに売りに出す」

「いくらなの？」マーニーは問いただした。「ジェイミーが借りてる正確な金額を教えて」

ガイは記事に熱中しているふりをして答えなかった。マーニーの青い瞳に怒りの炎が燃えあがった。マーニーは立ってソファに歩み寄り、ガイが読みふけっている新聞をはねのけた。「いくらなの？」

ガイがゆっくり顔をあげた。鋭い目つきは、ただの警告とは思えない。「きみに教える必要はない。ぼくがばかだったから、ジェイミーに金をせびりとられたんだ。きみには関係ないことだ」

「でも……」

「黙れ！」ガイは新聞をたたきつけるようにわきへおき、だしぬけに立ちあがった。「ぼくが本気で怒りだす前に、その話はやめるんだ。今のぼくは爆発寸前だからな。気をつけろ！」

「待って」マーニーがガイの腕をつかんだ。「お願い、全部でいくら借りがあるのか教えて」

「きみを束縛するには充分な額だから、安心するがいい」失礼な言い方だった。

「そんなにあるの？」マーニーは真っ青になり、ガイがさっきまで座っていたソファに力なく腰をおろした。「知らなかったわ。ジェイミーがわたしに黙って借金してたなんて」

マーニーの痛ましげな姿を見て、ガイの口元がこわばった。「聞いてくれ」ため息がもれた。「こんな話は気やすめにすぎないだろうが、オークランズで仕事をすることを希望したのはジェイミーなんだ。借金のかたに整備場をさし出したのもジェイミーだ。たいした進歩じゃないか。あのジェイミーが自分で責任をとろうとしているんだぞ。好きなようにさせてやれよ。あいつは今まで、ぼくたちをさんざん利用してきたんだから」

「クレアはどうなるの？」声がかすれた。「あなたはクレアも見捨てるつもり？」

「誰も見捨てやしないさ！　ふたりでしかるべき責任をとってもらうだけだ。マーニー、考えてごらん。ふたりが目と鼻のさきに住んでいるほうが、きみもクレアの面倒をよくみてやれるじゃないか。ちがうかい？　さあ、きみのフラットへ行こう。日没前にオークランズに着きたいからな」

しばらくして、無言でハンドルを握るガイの隣で、マーニーはさっき明らかにされた衝撃的な事実に思いを巡らした。ジェイミーはわたしに内緒でガイに借金してたんだわ！ガイもどうかしてる。ふたりの結婚をだめにした張本人だと非難していた相手に、どうしてお金を貸したりしたの？

わかってるくせに。頭のなかで小さな声が言った。わたしのためを思って貸したのよ。

フラットに着くと、マーニーは初めてガイを室内に招き入れ、寝室に行って着替えをした。まず下着を替えて、白いシルクのブラウスを着る。それからアップル・グリーンの絹地で仕立てたタイトなミニをはき、共布を使ったルーズなジャケットをはおって、荷物の準備にとりかかった。

ガイがアトリエ兼リビングを歩きまわる音がする。わたしの持ち物を我が物顔でいじってるんだわ。マーニーの唇が固くむすばれた。ずうずうしいったらないわ。マーニーは腹立ちまぎれに衣類をかき集め、皺《しわ》になるのもかまわずに、次から次へとスーツケースにほうりこんだ。

寝室から出ていくと、ガイがマーニーの最新作の前に立っていた。頭を少し横にかたむけ、興味深げにカンヴァスを眺めている。

「いい作品だ」マーニーに背をむけたまま、ガイは言った。「誰の肖像画？」

「アメリア・サングスター」そっけない返事をしてみたものの、いたずらっぽく言いそえずにはいられなかった。「その猫はディケンズよ」

「ごたいそうな名前だな」

「当人はそう思ってないみたい」マーニーはガイの隣に立った。「革で装丁されたディケンズ全集の上をねぐらにしてるくらいだもの。ねえ、この絵を届けに行ってもいいかしら？　それとも、アメリアもがっかりさせなきゃならないの？　これから絵を頼みに来るひとたちと同じように」

ガイは感情を表に出さず、探るような目でマーニーを見た。今朝のヘアスタイルはアップではない。波打つ髪がマーニーの顔と肩をふちどって、窓からさしこむ陽光にきらめいていた。

「もう完成したのか？」

「見てわからない？」皮肉っぽくマーニーは言った。最後の仕上げが必要だとすなおにみとめたくなかったからだ。この絵が未完成であることは、専門家にしかわからないだろう。ちなみに、ガイは美術評論家にはほど遠かった。

ガイはマーニーの皮肉を無視した。「仕上げたいかい？」

「当然でしょう！」つまらないことをきかないで。

ガイが肩をすくめた。「それならオークランズへ運ばせるとしよう。だが、ほかの依頼人は」そう言いながら右手をあげて、黒い手帳をマーニーに見せた。「断るしかないな」

「それ……それはわたしの手帳じゃないの！　なんであなたが持ってるの！」

「将来の参考にさせてもらおうと思ってね」

「どういう意味？」

「依頼人の名前が知りたいんだ」ガイは腹立たしいほど落ち着いていた。「全員に宛《あ》てた丁重な断りの手紙を、秘書に命じて書かせるために」

「そんなこと自分でするわ」マーニーは手帳をとり返そうとした。

だが、だめだった。「その必要はない」ガイはそう言って、アメリアと猫の絵に注意をもどした。「きみは信用できないからな。当てにはならない。手紙はもっと信頼のおける秘書にまかせるよ」

「あなたって最低」マーニーはすっと身をひいた。

ガイが平然と肩をすくめる。「必要なものは全部スーツケースに入れたかい？」

「ええ」なんだか泣きたくなってきた。マーニーは散らかったアトリエの中央で足を止め、大事にしていたものを残らずとりあげられる子供のようにあたりを見まわした。

わたしはここで幸せだった――さざ波のように打ち寄せる安らぎと満足感を幸せと呼べるなら……。はなれ小島にも似たこの部屋で、ひとり平和に暮らした四年間だった。ぬくもりのないジャングルで、ガイと一年過ごしたあとで……。

「残りはあの絵と一緒にオークランズへ届けさせよう。荷物はどこだい？　すぐ出かけるぞ」

悲しみの涙がこみあげてきた。ガイがスーツケースを持っていき、ドアの前でふり返った。マーニーはみじめな顔をして立っていた。

「ガイ……」哀願するような声だった。が、なにを訴えたいのか自分でもわからない。

ガイが顔を曇らせ、厳しい表情を浮かべて背をむけた。「荷物を車のトランクに入れてくる」そう言って、ガイは部屋を出ていった。ひとり残されたマーニーは、かつてない無力感に襲われた。

ガイはもどってこなかった。そのわけはわかっている。マーニーが出てくるのを待っているのだ。力ずくでつれ出せば、マーニーの反抗心を証明することになってしまう。けれども、マーニーが自分の意思で出てくれれば、ガイのささやかな勝利だった。大勝利ではない。なぜなら、マーニーはガイに逆らうことができないからだ。

ガイは運転席に座って待っていた。サイド・ウインドウをあけて肘をのせ、長い指を口元においている。翳《かげ》のある端整な横顔に、近寄りがたい雰囲気がただよっていた。これであの部屋ともお別れだ。未練がマーニーの胸をしめつけた。

マーニーはヴィクトリア朝ふうタウンハウスの扉をしめた。この建物の一画に、マーニーが今まで暮らしたフラットがあるのだが、ガイはふりむこうともしなかった。

マーニーが車に近づき、助手席に乗りこんでも、ガイは素知らぬ顔で身じろぎ一つしなかった。マーニーはシートベルトをしめ、青ざめた顔から髪をはらいのけた。ようやくマーニーが腰を落ち着けると、ガイは倒していたシートを起こして、車のエンジンをかけた。それからスイッチをおして窓をしめ、流れるような動作でギアを入れた。

マーニーは息をのみ、暗い目でまっすぐ前を見つめていた。ふたりを乗せた車が通りに滑り出していく。安らぎに満ちた四年間、我が家と呼んだフラットをあとにして、マーニーは覚悟を決めた。わたしはもう二度と自由に生きられないのだ。

わたしの人生はガイのものになってしまった。

きっと、最初の結婚生活よりも束縛が厳しくなるだろう。

「これからどうするの?」落ち着いて話せるようになるとすぐ、マーニーはきいてみた。

「新しい生活をはじめるのさ」短いけれども、深い意味のある一言だった。

9

ふたりはオークランズが最も美しく見える時刻に到着し、東門から敷地に入った。午後も終わりに近づいたというのに、六月の太陽はまだ西の丘の上空にとどまっている。

「ガイ、ちょっと車を止めて」

ガイはいぶかしげな目をしたが、車を止め、マーニーをふり返った。マーニーは自然の美に魅せられて、輝くような表情を浮かべている。

「わたし、いつだってここが好きだったわ」マーニーは思わず真情を吐露していた。「見て、ガイ!」そう言って、身を乗り出す。「せせらぎが水かさを増して川になったみたい!」

「今年は雨が多かったからな」ガイはマーニーの嬉《うれ》しそうな横顔から目をはなさなかった。

「一時は氾濫《はんらん》するんじゃないかと心配したんだ」

「湖の水もあふれそうよ」マーニーは言った。古びた桟橋につながれたロベルトの手漕《こ》ぎボートが、さざ波にゆらゆら揺れている。

屋敷はもう目の前だった。このどっしりした落ち着きのある大邸宅は、二百年という歳月に耐え、何人もの主《あるじ》を迎えてきた。そのなかには屋敷の維持管理に無頓着《むとんちゃく》な主人もいたはずだ。

「あそこを増築したのね」マーニーは右手に見える馬屋のあたりを指さした。ディテールにこだわる芸術家の目は、周囲にとけこむように建てられた小さなコテージも見逃さなかった。「車のコレクションのために別棟を建てたの？」そう言ってみたものの、ほかの車庫から遠すぎるような気がして、マーニーは眉をひそめた。

「まあそんなものさ」ガイは秘密めかして答え、停止していた車を発進させた。「おやじはぼくたちが門を入るのを見ていただろう。ぐずぐずしていると、ここまで迎えに来るぞ！」

「ねえ、ロベルトにはなんて言ったの？」

ガイがマーニーをちらりと見た。日ざしは暖かいはずなのに、マーニーの顔は青ざめている。「和解したと言っておいた」ガイはそう言って、道路に視線をもどした。「当然ながら、おやじは大喜びしたよ」皮肉っぽい声だった。「できれば失望させたくないから、きみもそのつもりでいてくれ」

「もちろんよ！」マーニーは忠告めいたことを言われて心外だった。「わたしがロベルトを悲しませるわけないじゃないの！」

「黙って家を出て、悲しませたことがある」

「あの時は事情が事情だったのよ。ロベルトを慕う気持は昔も今も変わらないわ」

「ぼくだって、きみに慕われていると思っていた。にもかかわらず、ひどい目に遭ったんだ」

「自業自得だわ！　ロベルトだってそう思ってるはずよ！」

「おそらくな」ガイは車のスピードを落とし、小川にかかった狭い橋を難なく渡った。

「しかし」ガイが肩をすくめた。「ぼくを自慢の息子だと思いたがっている親ばかでもあるんだ。そんなおやじの夢を壊すのは残念だ」

「ロベルトの夢を壊すのは、わたしじゃないわ。今までのことを考えればわかるはずよ」

車は敷地内のレーシング・コースを横切って左に急カーブを切り、鬱蒼《うっそう》とした樫《かし》の木立を走り抜けた。この堂々たる森がオークランズという名の由来になったのだ。そこからなおも行くと屋敷の正面に出る。屋敷は年じゅう日ざしに恵まれるよう南むきに建てられていた。

ガイが車を止めてマーニーを見た。「用意はいいかい？」

「ええ」うなずいてはみたものの、車をおりるマーニーの心は揺れていた。

ガイがかたわらに立ち、マーニーの腰に手をまわして抱き寄せた。マーニーは五感が激しく反応するのに驚いて、かすかに身をこわばらせた。

「リラックスしろ！　ぼくにほほ笑みかけるんだ！　さあ！」抵抗しようとしたマーニーの耳元でガイが強くうながした。「玄関から出てきたおやじがこっちを見ている！」

しかたなく、マーニーはガイを見あげて、にっこり笑った。ふたりの視線がからみあう。なんだか急に息苦しくなってきた。マーニーは不可解な胸の痛みを覚えて息をのんだ。ガイの体がこわばって、心臓が激しく鼓動しはじめると、マーニーの胸も高鳴りはじめた。得体の知れない胸の痛みが、おののきとなって体じゅうに広がっていく。黒褐色に濡《ぬ》れたガイの目が翳《かげ》った。暗い深淵《しんえん》を思わせる瞳の奥へ奥へと吸いこまれていきそうだ。

「マーニー」かすれ声でガイがささやいた。

「いけないわ」現実を否定しようとする声に力はなかった。マーニーは言葉でガイをたしなめながら、誘うように唇を舌で濡らした。

キスしてほしい。マーニーは心だけでなく、全身でガイに訴えていた。お願いだからキスして。もう我慢できない。

マーニーはガイにうながされて体のむきを変えた。むかいあわせに立ったマーニーをガイが抱き寄せ、ゆっくりと唇を重ねていく。

と、世界がぐるぐるまわりはじめた。頭がくらくらする。背中におかれたガイの手に力がこもり、マーニーの体が弓なりにそった。

震える太腿にガイの高まりがふれた。ガイがもう一方の手をマーニーの頭の後ろにまわして濃厚なキスをする。マーニーの手はガイの腕から肩の後ろへとさまよっていった。胸のふくらみが引きしまり、敏感になった乳首がガイの胸板におしつけられる。ガイがおののきつつ息をのむと、マーニーの体もわななきはじめた。

やがて、ガイが唇をはなした。ふたりはやるせない目をして茫然《ぼうぜん》と立っていた。

「これでわかっただろう！」かすれ声でガイが言った。「失ったものは多くても、おたがいにまだ惹《ひ》かれあっているということが！」

ふたたび唇を奪われる前に、マーニーはガイの腕をふりほどいた。なんだか寒い。心がからっぽになったみたいだ。マーニーの体は震えていた。

マーニーは身をひいて、こみあげてきた感情をのみこんだ。ロベルト・フラボーサに会う前に落ち着きをとりもどさなければならない。

ロベルトは最後に会った時よりかなり老けて見えた。肉体的にも衰えたようだ。けれども、長身痩躯《そうく》のロベルトが杖《つえ》に寄りかかっている姿には気品があった。いつしかマーニーの口元もほころんで、温かく自然な笑みが浮かんでいた。

「パパ」マーニーはロベルトに駆け寄った。

杖を握っていないほうの手で、ロベルトがマーニーを抱きしめる。ロベルトは感きわまってマーニーの髪に顔をうずめていたが、しばらくして口をひらいた。「今こそ、我が人生で最良の時だ」ロベルトは顔をあげ、うるんだ目でマーニーを見た。

「ありがとう」マーニーはそれだけしか言えなかった。

「わだかまりはもうないんだな?」ふたりに近づいたガイを見て、ロベルトがきいた。

「かつての愛をとりもどしたのか?」

愛? マーニーのほほ笑みが揺らいだ。もう誰も愛せないような気がしたのだ。

「父さん」ガイがマーニーの腰に手をまわして言った。「ぼくたちは、愛しあうのをやめた覚えはないよ」

「そうかな。ほんとうに愛しあっていたならば、四年も無駄に過ごすことはなかったはずだ!」ロベルトは白髪頭をふって腹立たしげに言った。「長い歳月をいたずらに過ごしおって!」

マーニーが弾《はじ》かれたように身をひいた。

「父さん!」ガイの声はいつになく厳しかった。「息子として、一言言わせてもらえたら……」ガイは穏やかに話そうと努力していたが、声は相変わらず厳しかった。「大怪我《けが》したくなかったら、危険な話題にふれないでくれ!」

マーニーはガイの剣幕に息をのんだ。ロベルトも驚いて息子を見ている。沈黙があった。父子はマーニーの頭ごしに無言の会話を交わしたようだ。一瞬ロベルトが顔色を失ったが、すぐ気をとりなおして、物思わしげな笑顔をマーニーにむけた。

「息子は時々わけのわからんことを言うんだ」

「ガイはなぜあんなことを言ったのかしら」

マーニーとロベルトは書斎でコーヒーを飲んでいた。近ごろのロベルトは、ここで貴重な本に囲まれて、読書を楽しむことが多かった。

ガイは申し訳程度に同席しただけで、そそくさと整備用ピットへ行ってしまった。お気に入りの玩具《がんぐ》で早く遊びたいのだろう。遠くのほうで、車のエンジンを試験的にふかす音がした。機械油にまみれた男たちが輪になって、エンジンに異状はないかと耳をすましているようすが目に浮かんだ。

ガイは十五年ほど前にこの土地を手に入れて、専用のレーシング・コースとピットを造った。といっても、環境を破壊したわけではなく、美しい谷を守るための費用は惜しまなかった。自分が収集した高級車を最高のコンディションで維持するために出費をひかえないのと同じことだ。

ガイはここを発《た》つ前に車を一台ずつ点検し、走行状態をチェックするだろう。それが楽しくてたまらないのだ。期待どおり整備されていない車があると、メカニックたちをどなりつける結果になるのだけれど。

ガイは国際的なグランプリレーサーから、敏腕ビジネスマンになった。ガイが転身に成功したのは、趣味で集めた車でエネルギーを発散できるからだ、とロベルトは言っていた。

ガイは無数の顔を持っている。気分の変化が激しくて、癇癪《かんしやく》を起こすのも、機嫌を直すのも、燃えあがるのも速かった。ある時は口汚くののしり、ある時は冗談を言って笑い、またある時は思いをとげて力尽きたようにはててしまう。そんなガイでも、父親には敬意をはらっていたはずだ。

ロベルトが鋭い目でマーニーを見た。「息子がわけもなくわたしを責めたと思っているのかね?」

「ええ。いつものガイらしくなかったわ」

「そのとおり」ロベルトが真顔で言った。「たしかに息子らしくなかった。だが、今にはじまったことではない。四年前からずっとあの調子だ」

マーニーは返す言葉もなく、うつむいていた。

「わたしは誇り高く、愛情深い父親だと自負している」淡々とした口調だった。「しかし、息子の欠点に目をつぶっているわけではない」

「ガイは完全無欠よ」

ロベルトはマーニーの冗談に笑みを浮かべたが、かぶりをふって言葉をついだ。「正直に言って、わたしにはわからんのだ。おたがいにみじめな思いをしたはずなのに、どうしてまたやりなおそうとするのか……。初めての危機に直面して、あっけなく破綻《はたん》した結婚生活が、幸せだったはずはない」

初めてにしては大きすぎる危機だったわ。マーニーはそう思い、ロベルトをじっと見た。「パパのためにやりなおすんじゃないのよ。誤解しないで」

ロベルトがゆっくりとうなずいた。「しかし、お兄さんのためではないのかね？」

マーニーの顔と体がこわばった。「ちがうわ」

「では」やわらかな声だった。「きのう彼がここへつれてきた天使のような奥さんのためかな？」

「クレアにお会いになったの？　どんなようすでした？　元気ならいいんだけど。クレアは妊娠してるのよ。時機を待つべきだったのに」マーニーは顔を曇らせ、青い瞳に心配の色を浮かべた。「流産したばかりだから、しばらく体をやすめなさいっていうドクターの助言を無視して……」

「彼女は元気だよ。とても元気だ」ロベルトが優しく言った。「きのうの午後、きみの兄さんがメカニックたちと一緒に引っ越し荷物をかたづけるまで、ここでわたしにつきあってくれたんだ。彼女は幸せそうだったよ。赤ん坊のことやら、田舎への引っ越しやらでうきうきしていた。夫婦で出かける休暇旅行も楽しみにしていたな。なんでも……危険な時期を乗り切るためだとか」

休暇旅行ですって？　マーニーの目が、けわしくなった。どういうこと？　ジェイミーにはとてもそんな余裕なんかないはずだ。

ガイの仕業だ。マーニーは椅子の背に体をあずけた。怒っていいのか感謝していいのかわからない。ガイがまた独断でやったんだわ。これじゃ、まるで親切の押し売りじゃないの。

マーニーは眉をひそめた。理解できないわ。ジェイミーを口汚くののしっておきながら、どうしてそんなに親切にしてくれるの？

あなたのためよ。心のなかで小さな声が言った。知らないの？　あなたのためなら、ガイはなんでもしてくれるわ。あなたはクレアの体を心配してたでしょう。だからガイは休暇をくれる気になったのよ。妊娠の安定期に入るまでの大事な時期を、クレアが安心して楽に過ごせるようにね。

ガイがそんなにいいひとなら、なぜわたしを脅して無理やり言うことを聞かせようとするの？　マーニーは反論した。

無理やり？　声にならない声がきいた。

マーニーは返事につまって身じろぎした。

しばらくのあいだ、ロベルトはマーニーの表情の変化を見守っていたが、やがて腰を浮かした。「おいで」肌身はなさず持っている杖を頼りに、ロベルトが立ちあがる。「日暮れ前に見せておきたいものがあるんだ」ロベルトはマーニーをせき立てた。「さあ早く！　勝手な真似《まね》をしたと言って息子は怒るかもしれんが、今この時を逸したくない。一緒においで」

マーニーはしぶしぶ立ちあがった。「ロベルト、一日に二度もガイを怒らせてもいいの？」

「あの子が親に手をあげると思っているのかね？」ロベルトの瞳がきらめいた。「わたしをこの杖で打ちすえるとでも？」

「まさか」マーニーは憂い顔でかぶりをふって、笑ってみせた。「でも、ガイがまたひどいことを言っても知らないから！」

ロベルトは黙ってマーニーと腕を組み、じょうずに手首をひねって、杖を体の前へふり出した。ふたりはフレンチドアから庭に出て、ロベルトが剪定《せんてい》した薔薇《ばら》の花壇のあいだをぬって歩いた。

「どこへ行くの？」

「今にわかる」秘密めかした言い方だ。「しかし、いいものだな」ロベルトが吐息をもらした。「美しい女性と腕を組んで庭を散歩するのは。わたしはこの楽しさを久しく忘れていたよ」

「まあ、おじょうずね」マーニーはからかうようにそう言って、なめし革を思わせる頬にキスした。

「これはこれは、ますますいい気分だ！」

ふたりは声をたてて笑った。立ち話をしている男たちのところまで、その笑い声が届いたとも知らないで……。

ほかの者より頭一つ背が高い、黒髪の男が顔をあげた。彼は笑い声に気づいて、なんだろうと眉をひそめたが、じきにまた話の輪にもどった。

「まあ!」マーニーとロベルトは木立を抜けて、遅い午後の日ざしを浴びてたたずんでいた。「なんてすてきなんでしょう!」

マーニーの目の前に、かわいくて風情のあるコテージが立っていた。まるで絵本から飛び出したみたいだ。コテージの壁はクリーム色に塗られ、赤と黄色の薔薇で華やかに飾ってあった。

「これはなに?」思わず声がうわずった。オークランズに着いた時、ふと目にした建物はこれだったのだ。それにしても、この牧歌的な場所に、ガイが美しいコテージを建てたのはなぜだろう。

ある考えがひらめいて、マーニーははっとしてふり返った。「ロベルト?」声がつまった。「これはあなたのために建てたものなの? 本邸を出て隠居でもするつもり?」

ロベルトはかぶりをふっただけだった。「なかに入ろう」謎《なぞ》めいた微笑が浮かんだ。

ロベルトにうながされて前に進みながら、マーニーは空想していた。この扉をあけたら、童謡に出てくるミス・マフェットがお行儀よく座ってるんじゃないかしら……。

その予想はみごとにはずれた。衝撃のあまり、マーニーは足を止めて息をのんだ。

ここはただのコテージじゃない。アトリエだったんだわ。明るく風通しのよいワンルームのアトリエは、外から見るとコテージのようで、まわりの風景にしっくり溶けこんでいた。

おとぎ話の家を思わせる造りは、ふたりが最初に目にした南側だけだった。それ以外の壁はすべてガラス張りだ！　太腿の高さで三方を巡る深い張り出しの上は全部ガラスになっていて、便利なヴェネチアン・ブラインドがとりつけてある。今は室内に最大限の光をとりこむために巻きあげてあるが、必要に応じておろすこともできるわけだ。

マーニーのイーゼルもそこにあった——アメリアと猫の絵を立てかけておいたものではない。家出した時、ガイの部屋に置いてきたイーゼルだ。白い紙がのったデッサン・ボードもあった。

マーニーはふらふらとデッサン・ボードに歩み寄った。四年前、破局が訪れた時に描《か》いていたスケッチがそのまま残されている。マーニーは抽象的な鋭い線を指でなぞった。いったいなにをイメージして描いたのだろう。今ではかすかな記憶しかなかったが、つりあいのとれたシャープな線がマーニーの創造力を刺激した。けれども、当時の生々しいインスピレーションはよみがえってこなかった。

「なぜ？」マーニーはひらいたドアのわきに無言で立つロベルトにささやきかけた。

返事はない。ふり返ったマーニーの青い瞳は涙できらめいていた。

「なぜ？」マーニーは同じ問いをくり返した。

「この建物の完成を待って、息子はこういったものをすべてロンドンから移したんだ。それでよかったのだろう」ロベルトは明るい室内を見まわして、マーニーの青ざめた顔に視線をもどした。「一種の心理療法にはなった。あのころの息子は……」ロベルトはふと口をつぐむと、けわしい表情を浮かべた。「ともかく、きみは長く不在だったから、ほとぼりもさめただろう。そろそろこれを見せてもいいころだ」かすかな刺《とげ》のある言葉だった。

マーニーはやましさを覚えて顔をそむけた。

ガイはわたしのために、このすばらしいアトリエを建ててくれたんだわ。涙でまぶたの裏が熱くなった。マーニーは、室内にきちんとおかれたなつかしい品々を目で追った。さまざまな感情がわきあがってくる。衝撃、驚き、喜び、苦悩。そういった感情の奥底には、ガイへの疑惑が横たわっていた。

ガイはこの象牙《ぞうげ》の塔にわたしをとじこめるつもりなの？　かつてそうしたがっていたように……。

〝きみはぼくの妻だ。誰にも渡さない！〟マーニーはガイが隣にいるような錯覚におちいった。所有欲をあらわにした台詞《せりふ》をまた聞かされたようでやり切れない。ガイがわたしを妻として初めて抱いた日に口にしたあの台詞を……。

「マーニー、わたしの息子は、きみが考えているほど罪深い人間ではないんだよ」心臓の音が聞こえそうな沈黙を破って、ロベルトが言った。

マーニーは身をこわばらせた。「あなたはなにもわかってないのよ」

ロベルトは白髪頭をふり、趣味のいい杖を両手でつかんで体を支えた。「わたしは年をとったかもしれんが、まだまだ耄碌《もうろく》してはおらんぞ。体が言うことを聞かなくなっても、知りたいことを探り出す能力はある」

〝この父にして、この子あり〟という諺《ことわざ》どおり、血は争えなかった。ロベルトなら、息子の結婚が悲劇的な結末を迎えたわけを探り出さずにはいないだろう。ロベルトが実業界を引退したのは、たえまない権力闘争に疲れたからであり、敵を打ち負かす能力を失ったからではなかった。

「それに、あの不幸なパーティに出席した連中が、喜んでわたしに事情を説明してくれたんだ。あの連中は善良ではないが」マーニーのつらそうな顔を見て、ロベルトが言った。

「いろいろなことを知っているんだよ」

「じゃあ、真相をご存じなのね」マーニーは窓の外を見るともなしに見ていた。青い顔をふちどる髪が日ざしを受けて、躍る炎のように輝いている。「あなたにだけは知られたくなかったのに」

「さっきも言ったが、あの連中は善良ではない。老人の好奇心を満たしてやろうとするのはいいが、聞き手への思いやりがまるでないのだからな。しかし、きみの信じる真相なるものを知って、わたしはますますわからなくなった。あれほど心ない仕打ちをした男と、なぜよりをもどすんだね？　その答えが聞きたくて、きみをここへつれてきたんだ」マーニーの返事を待たず、ロベルトは言葉をついだ。「このままでは過去の悲劇のくり返しだ。それだけは、なんとしても避けねばならん！」

「ロベルト！」マーニーはため息をついてふり返った。「そんなこと……」

「わたしの息子は、きみのお兄さん夫婦を利用して、きみに結婚を迫っているようだ」ロベルトは口をひらきかけたマーニーを手で制した。「否定しても無駄だ。さっき書斎で聞いた時、きみの目を見てわかったんだ。やはり、恐れていたとおりだった。そこでわたしは行動を起こすことにした。息子の横暴やきみの誤解を見過ごしにするわけにはいかんのでな。マーニー、あの夜の出来事は、悪者どもが退屈しのぎに演じた大芝居だったんだよ！　きみは他人の不幸を喜ぶ連中に騙《だま》されたんだ！」

「そんなばかな！」マーニーは心の動揺を鎮めようとした。ロベルトは本気だ。あの真剣な目を見ればわかる。息子に権力をゆずり渡す前の厳しい顔をかいま見たような気がした。

「わたしたちは今でも愛しあってるから結婚するのよ！」そう言うと、嘘《うそ》が嘘でなくなるようで不思議だった。「過去のことはもういいの！　わだかまりは捨てたんだから！　ロベルトったら、考えすぎよ！」

「四年間、おたがいを苦しめてきた誤解をそのままにしておくのかね？」耳の痛い質問だった。「ところで、座ってもいいかな？」

「うっかりしてたわ！　どうぞ座って！」マーニーはロベルトの不自由な脚が心配になり、アトリエの奥から椅子をひっぱり出してきた。ロベルトの手をとって、その椅子に腰かけさせる。

「ああ、楽になった」ロベルトは大きく息をつき、疲れた膝をてのひらで一打ちした。「情けないことだ！　なにかを思い切り殴りたくなる！」

「たった今、殴ったじゃない」マーニーはいたずらっぽくほほ笑んだ。「ご自分の脚を」

ロベルトはちょっと顔をしかめて、すぐ口元をほころばした。おかげで、さっきまでの緊張がやわらいだ——といっても、ほんの一瞬だけだ。はなれようとしたマーニーの手首をロベルトがつかんだ。思いつめたような握り方だった。

「マーニー、わたしはな、息子が造りあげたこの美しいアトリエをきみに見せたかったんだ。そうすれば、きみの心もやわらいで、わたしの話を聞いてくれるだろうと思ってな。どうだね？」ロベルトは訴えるようにマーニーの手を揺すぶった。「きみは話に耳をかたむけるだけでいいんだ。いやかね？」

「ロベルトったら」マーニーは吐息をもらし、ロベルトの手をそっとふりほどいた。「どうして事を荒立てようとするの？」

「問題があるからだ！　このままでは、ふたりの結婚はまた悲劇的な結末を迎えることになる！　マーニー、真実から顔をそむけてはいかん。きみが浮気の現場を目撃したと思っているあの夜、息子は泥酔していたんだ。あの女は息子が正体もなく眠っているのを見てベッドにもぐりこんだんだよ！」

「やめて、ロベルト！」あの場面がよみがえり、マーニーは立っていられなくなりそうになった。

「連中はパーティにやってきたきみを見ていた」ロベルトは黙らなかった。「連中というのは、デレク・ファウラーとアンジー・コールのことだ。寝室でのしゃれた一幕をお膳立《ぜんだ》てしたのは、あのふたりだ。ファウラーは以前きみに袖《そで》にされたことを根に持っていたらしい。アンジーもガイを奪ったきみを恨んでいた。だからこそ、血の出るような思いをきみに味わわせようとしたんだ！」

そしてその計略はみごと成功した！　マーニーはロベルトの真摯《しんし》なまなざしから逃れるようにあとずさった。「もうやめて！　そんなふうに言われると、ガイがばかみたいに聞こえるわ。ガイが聞いたら怒るわよ！」

「そのとおりだ」皮肉っぽい声がした。

10

マーニーは弾《はじ》かれたようにふり返った。あけはなされた戸口にガイが立っている。激しい怒りがひしひしと迫ってくるようだった。

ロベルトがなにか言ったが、誰も口をひらかなかった。沈黙に支配された室内に緊張感がみなぎった。ガイは怒りに満ちたまなざしを二人にそそいでいたが、やがてマーニーの青ざめた顔をじっと見た。「父さん、席をはずしてくれないか」ガイがわきへ寄って道をあけた。ロベルトは苦労して立ちあがり、不自由な足をひきずって戸口へむかった。

ロベルトが息子の隣で足を止める。「彼女には真実を知る権利があるんだ！　おまえたちは間違っている！　真実を隠してはならん！」

「干渉しないでくれと言ったはずだ」はりつめた声だった。「息子が信じられないのか！」

「信じているとも」ロベルトは疲れた吐息をもらした。「悲しいかな、息子のおまえは父親を信用していないようだが」

ロベルトの気落ちした顔を見て、いくぶん怒りがやわらいだのだろう。ガイは年老いた父親の肩に手をおいた。「ふたりだけにしてほしいんだ」穏やかにガイがうながした。「頼むよ」

「真実を否定してはならんぞ、ガイ」ロベルトは深刻な口調で言った。「真実から目をそむけたら、おまえたちふたりに未来はない」

ガイはうなずいただけだった。ロベルトが足をひきずりながら去っていく。残されたふたりは日ざしあふれるアトリエでむかいあっていた。

マーニーはガイに背をむけた。ロベルトの言葉が脳裏を駆け巡り、これ以上ガイの顔を見ていられない。ロベルトの話を信じたくはなかった。ガイの立場になって考えてみると、あれは実によくできた言い訳だった。けれども、ガイ自身の口から同じ話を聞かされたことはない。それともわたしの記憶ちがいだろうか？

マーニーはガイがアンジーとベッドをともにしていた夜の一場面を思い起こした。夫の恥ずべき行為を目撃し、屈辱と苦悩のあまり半狂乱になったあの時……。わたしはガイの顔を爪でひっかいた。ガイは暴れるわたしを必死でおさえながら、血の気の失《う》せた顔をして、似たような言い訳を口にしたっけ。そういえば、あの時ガイは酔っていた。帰宅しても、まだ酔いはさめていなかった。まっすぐ立っていられないほど……。

アトリエのドアを静かにしめる音がして、タイルばりの床にガイの足音がひびいた。マーニーは不安になって身をこわばらせた。これからどうなるのか見当もつかない。

マーニーはアトリエの片隅へむかうガイを目の端でとらえていた。ガイは白磁製の大きな流しの前に立ち、蛇口をひねった。整備用ピットから直接ここに来たのだろう。オークランズに来るまで着ていた濃い色のジャンパーはもうぬいでいて、シャツの袖《そで》も肘までまくりあげてあった。

マーニーは体のむきを変え、ガイの後ろ姿を見守った。ガイはマーニーが絵の具落としに使っていた液状石鹸《せっけん》のボトルを手にとり、機械油で汚れたてのひらに少量をしぼり出した。

「で、このアトリエをどう思う？」背をむけたまま、ガイが言った。太くて長い指についた油汚れをていねいに落としている。

「なぜなの？　なぜこれを建てたの？」

「きみが幸せになれる場所を造りたかったからさ」

ガイは肩をすくめて、蛇口からほとばしる水で手を洗った。

「ぼくは」そう言いながら、ペーパータオルを長めにちぎる。「ぼくはオークランズに美しいアトリエを建てたかったんだ。気を散らすものがない場所に、きみだけのアトリエを……。人里はなれた雰囲気をここで味わえたら、ひとりでどこかへ行きたくなったりしないだろうと思ってね」

「芸術家は放浪者でもあるのよ、ガイ。時間と空間がなかったら、最高の仕事はできないわ」

「ここにいれば両方とも手に入る」

「いいえ」マーニーはかぶりをふった。「たしかに、今までどおり絵を描《か》く時間と場所は手に入るでしょうね。でも、気のむくままに歩きまわって、インスピレーションを得る自由はとりあげられてしまう。あなたはわたしをここに幽閉したいのよ！」

「そうか！」ガイはペーパータオルを投げ捨てて、苦笑しながらマーニーに近づいた。

「きみには大事な依頼人がいるんだったな。だが、以前きみは言ったじゃないが。この谷ならいつまでも描いていられる、インスピレーションが尽きることはない、と。だからその機会を与えようというんだ」ガイは感情豊かに手をふり動かした。「心ゆくまで描いてくれ。この谷は才能あるきみに描かれるのを待っている」

「あなたはどうするつもりなの？　ロンドンに帰って、気がむいた時だけここへ来る？　満ち足りた妻の顔を見に」

「もっと頻繁に会いに来てほしいかい？　週末に時おりやってくるだけじゃなくて」

マーニーは答えなかった。納得のいく答えが見つからない。「ロベルトの言うとおりね」やがてマーニーは言った。「ふたりともどうかしてるわ。いつわりの結婚生活にもどろうとするなんて」

「ちがう。ぼくたちは夫婦で進むべき道を見失っていただけだ。二度めのチャンスをものにするかどうかは、ふたりの心がけしだいだ」

「あなたの考えでは、わたしがオークランズにひきこもり、あなたがロンドンでの生活を今までどおりつづければ、すべてうまくいくってわけね」

「ぼくには仕事がある」

「わたしにも仕事があるわ」マーニーが言いたかったのはそんなことではなかった。ほんとうはアンジーのことをきくつもりだったのだ。

「それは過去の話だ、マーニー。ぼくと結婚すれば何不自由なく暮らせるんだから、生活のために絵を描く必要はない。ほんとうに描きたいものだけを描けばいいんだ」

「オークランズの外へ出ないという条件でね」

「ぼくがいつそんなことを言った？　何日もつづけて家をあけるなと言っただけだ」

「あなたがロンドンで過ごす日数は？」

「ゼロだ。きみと一緒でなければ」マーニーの驚いた顔を見て、からかうようにガイが言った。「これからはなにをするにもふたり一緒だ。ぼくたちはともに暮らし、ともに眠り、喜びと悲しみをわかちあうんだ。たまには喧嘩《けんか》をするのもいい。ふたりとも喧嘩好きだからな」

ガイは今の言い争いを冗談の種にしている。マーニーは一つ大きく息をして話題を変えた。「ロベルトに聞いたんだけど、ジェイミーとクレアを休暇旅行に行かせてくれたんですってね」

「おしゃべりなおやじだ。それだけかい、おやじがもらしたぼくの秘密は？」

マーニーは眉間に皺《しわ》を寄せた。あの夜のことで、ロベルトは真実を語っていたのかしら。あれはほんとうにガイの友達の悪ふざけだったの？

いくら考えても納得できない。マーニーは深い息をついた。「さっきドアの外でどのくらい立ち聞きしたの？」

「ほとんど全部だ」

「ロベルトの話はほんと？」

窓からの眺めに心を奪われているのか、ガイはすぐには答えなかった。が、しばらくして口をひらいた。「きみは真相を知っているはずだ。ぼくを浮気の現行犯でつかまえたんだから」

「それじゃ、ロベルトはわたしに嘘《うそ》を？」

「いや」ゆっくりとガイは言った。「嘘と言ってはおやじがかわいそうだ。おやじはただ、自分の願望を口にしたままでさ」

「つまり、わたしたちは罠《わな》にかけられたんだと思いたいわけね」マーニーがうなずいた。

「あなたはたちの悪い冗談の犠牲になり、わたしは愚かにも物事の見せかけを信じてしまった、と」

「どういう風の吹きまわしだい？　あのいまわしい夜のことは考えたくないと言っていたのに」

「それは……それは……」ああ、どうしたらいいの。マーニーはてのひらで両目を覆った。わたしは重要な意味のあることを目にしていながら、それに気づこうとしなかった。

あの夜、デレク・ファウラーはわたしの肩ごしに鋭い視線を投げてから、悪意あるほほ笑みを浮かべてわたしを見た。全裸でガイにからみついていたアンジーも、意地のわるいほほ笑みをたたえていたっけ。そしてガイがくぐもった声をあげ、ぼんやりと目をひらいた。わたしはガイの表情が困惑から恐怖へ、恐怖から嫌悪へと変わっていくのを見た。ガイがかすれ声でわたしを呼んだのはそのあとだった。

おずおずと、マーニーは青ざめた顔をあげてガイを見た。「あの出来事の真相が知りたいと言ったら、話してくれる？」

「ほんとうに知りたいのかい？」

わからないわ。マーニーは動揺した。知りたいと言えば、四年間ずっと信じてきたものを根底からくつがえされそうな気がする。

「話して」マーニーはガイの顔から無理やり目をそらした。「真相を知りたいわ」

沈黙があった。ガイはマーニーのかたわらに立ち、ズボンのポケットに両手を突っこんでいる。過去をむし返すのをためらっているのだ。ガイは吐息をもらし、低い張り出し窓に腰をおろして、まっすぐマーニーの顔を見た。
「ことの真相を打ち明けたら、きみも正直に話してくれるかい？　あの夜、息せき切って
ロンドンに駆けつけたわけを」
マーニーは目をふせて話をもとへもどした。「あれはただのお芝居だったってロベルト
は言ったわ。アンジーは泥酔したあなたが眠ってるのを見て、ベッドにもぐりこんだんだ
って。でも、あなたは大酒飲みじゃなかったはずよ！」
マーニーはため息をつき、かぶりをふった。なにが真実で、なにが嘘なのか、わからな
くなってしまった。
「限度を知らないわけないわ」眉をひそめてガイを見る。「ほんとに酔っぱらってたの？」
ガイは奇妙な笑みを浮かべた。「正体もなくね」そう言って顔をしかめ、腕組みをして、
足元に視線を落とした。「あの日は朝から飲んでいたんだ。いろいろと心配事があったか
ら。きみのこととか、ふたりの将来のこととか……」ふと顔をあげたガイの表情は暗かっ
た。「あのパーティのずっと前から、ぼくたちの結婚生活にはほころびができていたんだ。
たった一つの出来事が破局をもたらしたわけじゃない」
「わかってるわ」声がかすれた。「でも、あれで破局が決定的になったのよ。避けようと
思えば避けられたはずなのに。もしも……」
「なんだい？　ぼくがデレクの家へ行かなければ、破局は避けられたのかい？　それとも、

きみがロンドンまでぼくを捜しに来なければ避けられた？　あるいは、デレクの家に行ってみろ、とジェイミーがきみに言わなければよかったのかい？　それとも、ぼくに捨てられた恨みをアンジーが晴らそうとしなければ、破局は訪れなかったのかい？」

「わたしたちはほんとに罠にかけられたの？」

「ああ」重苦しい吐息がもれた。「パーティ会場に着いた時すでに、ぼくは泥酔していた……」

〝ガイは二階で酔いをさまして……〟マーニーは目をとじた。気分が悪い。デレクの言葉が時を超えてよみがえり、耳元でこだましている。あの時、デレクは階段のほうを見て目を輝かせた。よからぬことをたくらんでいるかのように……。

「それからきみに名前を呼ばれるまで、正体もなく眠っていたんだ。目をあけると、きみが死人のように青ざめて立っているじゃないか。ぼくは考えたよ——酒で朦朧《もうろう》とした頭でね。いったい何事が起こったんだろう、と」ガイは苦笑して頭をふった。「そうしたら、あのひどい女が身じろぎしたんだ。そのとき初めて、あの女がいることに気づいたってわけさ。あとは……」ガイは肩をすくめた。「知ってのとおりだ」

マーニーは震える唇を手で覆った。ほんとうの浮気ではなかったとわかっても、あの場面を思い出すだけで胸がわるくなってくる。「ああ、なんてこと」消え入りそうな声だった。ガイが嘘をついているとは思えない。これがあの夜の真相だったのだ。四年も過ぎた今になって、とんでもない事実を知らされてしまった。「ごめんなさい……」

「あんな場面を見せつけられたら、騙《だま》されて当然さ」ガイはむなしげに両手をあげた。

「でも、あなたの話を聞くべきだったわ！」マーニーはやましさを覚えて言葉をつまらせた。「せめて、あなたに釈明の機会をあげていたら！」

「釈明？　すべてはきみの目の錯覚だったと言えばよかったのかい？」ガイはかぶりをふった。「いいかい、マーニー……もしも立場が逆だったら、ぼくだって、きみの話に耳を貸さなかっただろう。とうてい信じがたい言い訳だからね」

「それでわたしをなぐさめてるつもり？　無実の罪で四年間あなたを苦しめてきたと知らされて、わたしが喜ぶとでも思ったの？」

「これがきみを喜ばせるための話しあいだったとは知らなかった。ただ真実を語りあうだけだと思っていたよ！」

「とっくの昔に語るべきだった真実をね！　あなたはわたしに真実を告げる必要はないと考えたのよ。でなければ、無理にでも聞かせていたはずだわ！」

「きみはぼくにないがしろにされたと思っているのか？」心外そうな口ぶりだった。「この四年間、ぼくの感情をふみにじっておきながら、よくもそんなことが……」

「ちがうわ」マーニーはため息をついた。ガイの怒りは当然だ。同じことのくり返しだもの。ガイがあの事件とは無関係だったとわかったとたん、わたしはまた別の言いがかりをつけてしまった。

ほんとうに責められるべきであり、許しを請うべきなのは、このわたしなのに。

わたしは多くの罪をおかしてきた。そのうちのいくつかは、さいわい、ガイに知られてはいない！　このまま秘密にしておかなければ。永遠に。

ということは？　もう一度結婚しても意味がない。ガイが四年間の恨みを晴らすつもりでいるなら話は別だけど……。マーニーは物思いにふけっているガイの横顔に目をやった。思い悩むガイの姿は相変わらず魅力的だ。マーニーの胸は高鳴った。ガイはなにをしていてもすてきなのだ。どなっている時も、笑っている時も、ダンスをしている時も、レーシングカーを運転している時も……そして愛を交わしている時も！

頭上から降りそそぐ日ざしが、青みをおびた黒髪にいっそう深い色合いを与えている。

生まれた時から太陽に愛されてきたその肌も、セクシーで豊かな黄金色に輝いている。

ガイには極端から極端へ走る傾向がある。五年前、わたしはその性格についていけなかった。今ならついていけるのかしら？　そうは思えない。ガイは自分だけの世界を持っている。ほかの女性たちは、その世界の片隅においてもらえるだけで満足だったかもしれないけど、わたしはちがう。初めてガイに会った時、反感を覚えたのはたぶんそのせいだ――わたしはガイがつきあっていた女性たちより求めるものが多かったから。

「ガイ、なぜわたしと結婚したの？」マーニーは思わずきいていた。「わたしはあなたにふさわしくない相手だって、みんなが考えてたのに。どうしてわたしなんかと結婚したの?」

「そうせずにはいられなかったからさ」ガイが顔をしかめた。「きみと結婚するか、きみをほかの男に奪われないように監禁するか、二つに一つしかなかった。ぼくは無垢《むく》なきみがほしかったんだ。きみのすべてを自分のものにしたかった。だからせいぜい愛想よくして、あふれんばかりのセックス・アピールできみを虜《とりこ》にしたのさ!」

「やめて!」マーニーはいやそうな顔をした。ガイは自分自身を道化にしようとしている。

「ぼくはきみを誘惑し、なぶりものにした。細心の注意をはらってかけた魔法はとけて、ぼくを英雄として崇《あが》めていたきみの心は……」

「わたしはあなたを英雄として崇めたつもりはないわ!」思いがけないガイの言葉だった。

「そうかな?」ガイは挑むように眉をあげた。「だったら、なぜぼくと結婚したんだい?」

マーニーは無言で顔をそむけた。答えてどうなるの? 今さら愛の告白をしたって、どうにもならない。もう手遅れなのよ。

「返事なしかい?」ガイが穏やかに笑った。「それならさっきの質問に答えてくれ。あの夜、きみはなぜロンドンまでぼくを捜しに来たんだい?」死のような沈黙があって、ガイがまた静かに笑った。「今度も返事なしか。どうやら、まだあかされていない秘密があるようだな。しかし」そう言いながら立ちあがる。「急ぐことはない。おたがいを知る時間はたっぷりあるんだから。最初の結婚生活で見えなかった一面もやがて見えてくるだろう」

「真相が明らかになっても、まだわたしと結婚するつもり?」信じがたいことだった。

「マーニー、ぼくは今日初めて真相を知ったわけじゃないんだよ」

「わたしは今日初めて知ったわ！　わるいのはわたしだったのよ！　今までとは事情がちがうわ！」

「どうちがうんだい？　ぼくがばかな男だということが、きみにもわかっただけじゃないか。ぼくは自分がなにを――誰となにをしているか、わからなくなるほど酔っていたんだからな。それとも、酒のせいにできるなら、ほかの女と寝てもいいのかい？」

「いいえ」消え入りそうな声だった。「でも……」それはあの夜の出来事とは別の話だわ。そう言おうとしたマーニーをガイがさえぎった。

「だったら、ぼくはやはり罪をおかしたんだ。ほかに言うべきことはない」ガイは背をむけた。「行こう。もうじき夕食だというのに、まだきみに部屋も見せていなかった」

「ガイ！　だめよ、このままじゃ……」

「うるさい！」唐突にガイがふり返り、大きく一歩ふみ出してマーニーの前に立った。瞳が怒りに燃えている。と思う間もなく、マーニーはきつく抱きしめられていた。

ガイは荒っぽいやり方でマーニーを黙らせた。しばらくしてガイが唇をはなしたが、マーニーの体は激しく震え、今にもくずおれそうだった。

「惹《ひ》かれあう気持があるなら、それでいいじゃないか」ガイの声はかすれていた。「きみの体は今でもぼくを求めている。ぼくもきみがほしいんだ！　だから、もう一度結婚する。二日後に」

「二日後？　そんな……」

「口答えは許さない。ぼくたちは取り引きしたんだぞ。きみにも約束は守ってもらう。ほほ笑みを忘れるな。そうすれば、ふたりは二度と別れないということが、おやじにもわかるだろう！」ガイは親指と人差し指でマーニーの顎をはさんだ。痛い思いをさせるつもりなら、ほんの少し指に力を入れるだけでいい。

「わかったな？」

マーニーは震える唇を舌で濡《ぬ》らして、おずおずとうなずいた。

「よし。行くぞ」ガイは背をむけると、傲慢《ごうまん》な態度で戸口へむかい、乱暴にドアをあけはなった。マーニーは疲れた足どりでついていった。いったいこれからどうなるのだろう、と思いながら。


式は予定どおり二日後にとり行われた。ふたりは地元で届けを出したあと、カトリックの司祭から祝福を受けた。その司祭は進歩的な考えの持ち主で、教会の屋根を直すためにガイが多額の寄付をしたこともあってか、かつてふたりが結婚して別れた事実に目をつぶってくれた。

「今度は終身刑というわけだ」車で帰る道すがら、ガイが冷たい声で満足げにつぶやいた。

「はたして我慢できるかな?」

こんな皮肉を言ったのは、マーニーの気持を知っているからだ。正式に〝刑〟を宣告される前に遠くへ逃げてしまいたい、という気持を……。

このあいだの晩、ガイは父親と書斎にこもって話しあっていた。そこでどんな話を聞かされたのか、それ以来ロベルトは上機嫌だ！　ガイに丸めこまれたにちがいない。なにしろ、今がチャンスとばかりにマーニーをつれてきて、ロベルトの前で永遠の愛を誓わせたほど抜け目ない男なのだから。

車が屋敷に着くと、ロベルトはマーニーの両頬にキスをして、家族としてあらためてむかえ入れてくれた。「きみを今まで家族と思っていなかったわけではないよ。さて、あとはこの屋敷のなかを走りまわる幼子が五人ばかりほしいものだ」ロベルトがにこやかに笑った。「子供がいれば、離婚を考える暇がなくなるからな！」

マーニーの顔から血の気がひいた。ガイがしっかり支えてくれなかったら、とても立ってはいられなかっただろう。

「時機が来るのを焦らずに待つさ」ガイが陽気に言った。「そんなにせかさないでくれよ」

「わたし、アトリエへ行ってくる」ロベルトが書斎に入るのを見届けて、マーニーが言った。

「逃げるのかい？」

「どこへ？　わたしにはもう逃げ場はないわ。わかってるはずよ。あなたが逃げ道を完全にふさいだんだから。わたしから兄さんまでとりあげて」

「きみにはぼくがいる」静かな声だった。「マーニー、考えてごらん。初めて会った時からずっと、ぼくはきみのそばにいたじゃないか」

「あの日はちがったわ。わたしが……」マーニーはあやういところで口をつぐんだ。目に浮かんだ苦悩を見られまいとしてまぶたをとじる。「ねえ、しばらくアトリエに行っちゃいけない？」

「なぜそんなことをきくんだ？　ぼくの許しを得る必要があるのかい？」

「もちろんよ！」ついいらだった口調になり、マーニーはため息をついた。「でも……」

「式がすんだばかりだから、きみは神経質になっているんだ」いまいましいことに、ガイは顔色一つ変えなかった。

「お願いよ、ガイ！」マーニーは訴えた。仕立てのいい黒絹のスーツが、ガイの筋肉質の体をいちだんとひき立てている。それだけでも目の毒なのに、黒褐色の濡れた瞳が挑発するようにマーニーを見ていた。体の芯《しん》がとろけてしまいそうだ。「アトリエに行かせて！

少しだけ待って」

「二度めの結婚生活に慣れるまで？」ガイはマーニーが思い悩んでいる理由に気づいたらしい。這《は》うような視線がマーニーをとらえた。

マーニーはシンプルなスーツ・ドレスの上に、ボレロ・ジャケットをはおっている。素材はどちらもクリーム色の絹だ。ドレスの前身ごろがハート形のコルセットのようにかっちりしているので、胸の谷間が必要以上に強調されていた。ゆるくカールした髪は顔にかからないようクリーム色の櫛《くし》二つでおさえ、ワイルドな感じで背中に流してあった。

ガイはなに一つ見逃さなかった。ドレスも、胸の谷間も、不安げな表情さえひき立てるヘアスタイルも……。ガイがマーニーの目をひたと見た。

「アトリエに行くのはやめてくれ。今日は特別な日だから、ふたりで一緒に過ごしたい」

そして、避けがたい夜がやってきた。これからしなければならないことを考えて、マーニーはひどく緊張した。長いあいだ熱い湯につかっていても、体の固さはほぐれなかった。

ガイのたまらない魅力にふれたら、緊張なんて消し飛んでしまうのだけれど……。

マーニーがようやくバスルームから出てきた時、ガイは奥行きのある暗い張り出し窓の前に立っていた。カーテンはまだしめられていない。窓のむこうになにがあるのか、ガイは一心に見入っているようだ。寝室にはベッドサイド・ランプのおぼろげな光が満ちていた。淡い金色のランプ・シェードが、小さな電球の輝きをやわらげている。ここはかつてふたりがベッドをともにした部屋だった。

そこでまたベッドをともにすることになる。

なんだか胃がよじれそうだ。しめつけるような感覚がマーニーの胃のあたりに集中してきた。

ついに来たんだわ、借りを返す時が……。

でも、結婚指輪をはめただけで、ガイにあっさり身をまかせることができるのかしら。

ガイの心は遠くにあるようだった。なにを考えているのか、マーニーの存在に気づいてもいないように見える。贅肉《ぜいにく》のない立派な体には、いつもの黒い絹のローブをまとっているだけだ。闇《やみ》のなかに立つガイの姿を見ていると、浅黒い肌の色が今夜の気分まで暗くしているように思えてならなかった。

マーニーは不安げに下唇を噛《か》んだ。どうすればいいの？

ベッドに入って、イギリス国家のことでも考えて気をまぎらす？　それとも、いさぎよく負けをみとめてガイのところへ行く？

マーニーは覚悟を決めて、素足のまま、ぶあつい絨毯《じゅうたん》の上を歩いてガイのそばに立った。

「夜空が……夜空がきれいね」マーニーは気のきいた台詞《せりふ》が言えない自分が情けなかった。

ばかにされるに決まってるわ。マーニーの顔がこわばった。が、ガイはなにも言わない。

神経が高ぶって、マーニーはかすかに身震いした。どこか遠くへ行ってしまいたい。ジェイミーが今度の問題を持ちこんだ時、逃げていればよかったんだわ。

「そのうち雨になると天気予報で言っていた」突然ガイが答えたので、マーニーはぎょっとした。物憂げなまなざしがマーニーをとらえる。「美しい」ガイのゆがんだほほ笑みが、甘いささやきを台なしにした。「申し分のない生《い》け贄《にえ》だ」

思いがけなく涙がこみあげてきた。マーニーは顔をそむけ、涙がこぼれないよう何度もまばたきした。いつの間にか、被害者と加害者の立場が入れかわってしまった。ガイの辛《しん》辣《らつ》な台詞を耳にして、みじめさと緊張感がつのっていくようだった。

マーニーはガイの視線を感じていた。あのうずくような感覚が、緊張でこりかたまった胃のあたりから広がりはじめ、やわらかな髪の根元や手足の指のさきまでしみ渡っていく。ガイが唐突に手をのばし、マーニーの体を持ちあげるようにして自分のほうをむかせた。

マーニーは驚き、警戒して顔をあげた。ガイはマーニーの波打つ髪をぼんやりと指でとかして、その肩に手をおいた。肩紐《かたひも》をはずされたら、淡いピンク色をした絹のナイトガウンは足元へ滑り落ちてしまうだろう。ガイの指さきが肩から腕へおりていく。マーニーの肌は敏感に反応していた。

「きみの考えを聞かせてくれ」低く穏やかな声には悲しげな響きがあった。「時がたてば、年の差なんて気にならなくなると思うかい？」ガイはマーニーの両手をてのひらで優しく包み、黒いまつげをふせて、その手をじっと見ていた。「今夜のきみは、ひどく幼く見える。きみと過ごした初めての夜のようだ。ぼくはどうだい？　老けて見えるかい？」

老けて見える？　マーニーの口元がほころびかけた。ガイは決して老けたりなんかしないわ。どうして年齢のことになると、揺るぎない自信にひびが入るのかしら。

マーニーは画家の目でガイのシャープな顔立ちを観察した。これほど整った顔は見たことがない。修正したい箇所は一つもなかった。

なぜわたしなんかに意見を求めるの？　理解できないわ……今までもそうだったけど。

「いいえ」マーニーの返事はそれだけだった。その一言で充分だ。見慣れない表情が、ガイの顔をよぎっていった。

ガイが目をあげ、ふたりの視線がぶつかった。燃えるような黒い瞳が語っている。ガイがなにを考え、なにを感じて、なにを求めているのかを……。マーニーは身を震わせた。あのまなざしに応《こた》えることができるのかしら。マーニーは思わずうつむき、目をそらしていた。

「きみは今まで、ぼくの愛を感じたことがなかったのかもしれないな。でも、今夜はちがう。きみの魂でぼくの愛を感じとってくれ！」

ガイはマーニーと唇を重ねた。あくまでも優しいキスに、マーニーは我知らず応えていた。

ずっと握りつづけていたマーニーの手を、ガイが自分のうなじにまわした。弓なりにそったマーニーの華奢《きゃしゃ》な体を抱き寄せながら、少しずつ……少しずつ……口づけに情熱をこめていく。

マーニーの唇がひらいた。舌をからませて、むさぼるようなキスをしてほしい。ふたりの吐息がまじりあい、マーニーがすがりついていた抵抗の糸がぷつりと切れた。わたしはこうなることを望んでいたんだわ。どうして今まで自分に嘘をついてきたのかしら？　ロンドンのアパートメントに着いた翌朝、ベッドで狂おしく求めあってからずっと、この時が来るのを待っていたのに……。

ほんとは何年も前から待ってたんじゃないの？　心のなかで小さな声が言った。

マーニーはローブの襟を探りあて、ガイの素肌に指を這わせながら肩をむきだしにした。はりつめた腕の筋肉となめらかな肩の手ざわりに酔いそうだ。ゆっくりとローブが肩から落ちていき、胸毛に覆われた上半身があらわになった。

マーニーは重ねていた唇を名残惜しげにはなすと、ガイの胸に口づけして、そっと歯を立てた。ガイが喜びに身を震わせ、あえぐような息をする。マーニーの指がローブの紐をとき、ガイの全身を露出させた。贅肉のない胴まわり、ひきしまった腰、力強い長い脚を隠すものはもうなにもなかった。

マーニーのナイトガウンが滑り落ち、ピンク色をした氷の湖のように足元に広がった。

ガイの指さきは羽根にも似た軽さで肌の上をさまよっている。神経がとぎすまされ、快感が高まっていった。マーニーは喜びの声をあげて身もだえした。

「マーニー……」ガイは腿をまさぐるマーニーの手をとった。「だめだよ。そんなことをされたら我慢できなくなる」

マーニーはキスでガイの言葉を封じこめた。官能的な口づけに、ガイの血は燃えあがった。脈打つ岩を思わせる体をおしつけられて、マーニーの背中は細くしなやかな枝のようにそり返った。

寝室にはほのかな光が満ちている。ふたりは太古の愛のダンスを踊るように揺れながらベッドに近づいていった。ガイは淡いピーチ色のカバーの上にマーニーをそっと横たえ、長い髪をていねいに撫《な》でひろげた。その顔は真剣だった。ひそかに夢見ていたことが実現したかのように。

マーニーは身じろぎ一つせず、警戒心のない瞳でガイを見つめていた。ふたりの目が合う。ガイがこのうえなく優しい笑みを浮かべると、マーニーの心に美しい感情がわきあがってきた。マーニーはほほ笑み返し、両手でガイの体をひき寄せた。

ガイの体重を全身で受け止めたいと願うマーニーの気持を察したのだろう。ガイはうながされるまま、マーニーの裸身を体で覆った。

唇と唇がふれあった。しだいに愛撫《あいぶ》が濃厚になっていったが、二つの唇ははなれようとしなかった。ふたりはつのる欲望を感じていた。やがて、マーニーがすすり泣くような声をあげ、みずから脚をひらいてガイの体に巻きつけた。

その瞬間を待っていたかのように、ガイが一気にマーニーのなかに入ってきた。体を重ねたふたりの心臓が狂ったように打っている。ガイはキスをつづけながら、激情に流されそうになる自分を懸命に抑えていた。

マーニーはシルクの鞘《さや》のようにガイを優しく包みこみ、脈打つ高まりを体の芯まで受け入れた。

「わたしを愛して」マーニーはあえいだ。

「ぼくはいつだってきみを愛していたよ。愛してないわけないだろう?」

「嘘よ!」マーニーは泣きながら否定した。そんなこと聞きたくないし、考えたくもない。その言葉の重みを理解するのはいやだった。

「嘘じゃない」ガイが優しい吐息をもらした。「ほんとうさ」

ガイの体が動きはじめた。もう言葉はいらない。二つの体が一つに溶けた。ふたりは奔放なラプソディを奏でつつ、ゆるやかに昇りつめていった。

クライマックスの訪れとともに脈が急に速くなった。めくるめく高揚感にとらわれて、えも言われぬ美しい空間をただよっているうちに、官能の嵐《あらし》がやってきた。快感のさざ波が大きなうねりに変化して、激流となっておし寄せてくる。ふたりは沖へ沖へとさらわれてゆき、ようやく静かになった波間でゆらゆら揺れていた。

疲労感に包まれて、ふたりはしばらくじっとしていた。ガイが名残惜しそうに体をずらし、ベッドカバーをはねのける。それからマーニーをシーツの上にそっと横たえ、隣に体を滑りこませた。

マーニーはガイの腕のなかで美しい愛の余韻にひたっていた。まだ雲の上に浮かんでいるような気分だ。手足に心地よいけだるさがあり、肉体は満ち足りている。マーニーはガイの胸に頬をのせ、安らぎを与えてくれる心臓の音を聞きながら、物憂い静寂に身をゆだねた。

ガイが手をのばし、マーニーの豊かな髪を自分のこぶしに軽く一度だけ巻きつけて、枕《まくら》の上に手をおいた――昔と同じように。

ガイはマーニーの頭に頬を寄せると、髪に唇を近づけてささやいた。「ぼくたちが失った赤ん坊のことを話してくれ」

その一言で、マーニーの満ち足りた世界はこなごなに砕け散ってしまった。

11

朝が来た。目をさますと、マーニーはひとりだった。かたわらの枕《まくら》に残された窪《くぼ》みだけが、ゆうべガイがここにいたことを物語っている。

でも、ガイはたしかにここにいた。わたしが幾重にもまとっていた心の鎧《よろい》を、一枚ずつ、慎重に、容赦なくはぎとって、傷だらけの幼い心をむきだしにしたのだから。

とうとうガイに知られてしまった。ゆうべ、マーニーはガイに真実を告げた。ガイの残酷な問いかけに動揺し、恨みがましい言葉ですべてをぶちまけてしまったのだ。

赤ちゃんを失った悲しみに耐えるためには、流産した事実を隠すしかなかったのよ。しかし、いまわしい秘密の扉がひらかれて、マーニーはかつてない悲しみと怒りと罪の意識とを感じていた。わたしは許しがたい罪をおかしてしまった。あの時、逃げてはいけなかったんだわ。胎内に宿った小さな命がどうなるか考えもしないで……。

ゆうべ、ガイは堰《せき》が切れたように話しだしたマーニーを抱きしめて、決してはなそうとしなかった。

つらい話のあいだじゅう、ガイはマーニーを力づけるように抱いていた。が、すべての真実をきき出すまで、マーニーを質問攻めにした。

「なぜ今まで黙っていたんだ！」マーニーは胸がはりさけそうな思いで泣きじゃくってい
た。「四年も秘密にしていたから、よけいにつらくなったんだぞ。隠し事をした報いだ」

「どうしてわかったの？」落ち着いて考えてみると、なぜガイに知られたのかわからない。かわいそうな赤ちゃんのことは誰にも話していないのに。あのクレアでさえなにも知らない。わたしが同じ悲劇を体験していたなんて。

「そんなことはどうでもいい。とにかく、もう秘密ではなくなったんだから、すべてを忘れるんだ。おたがいに充分すぎるほど苦しんだんだから」

かすかに震えるガイの声を聞いて、どういうわけか、また涙がこみあげてきた。マーニーはガイの腕のなかで眠りに落ちた――目をさましたら、いつの間にかひとりになっていたけれど……。

そのわけは考えたくもなかった。

ちょうどその時――パワフルなエンジン音が遠くから聞こえてきた。マーニーはベッドから出て、裸身にシーツを巻きつけて窓辺に歩み寄った。聞き覚えのある音だ。ガイがサーキットに出てマシンを走らせようとしているのだろう。

夜のあいだに天気が崩れたらしく、すがすがしい空気に雨のにおいが残っていた。濡《ぬ》れた芝生が朝の優しい日ざしを浴びてきらめいている。湖に流れこむ小川の水かさも増していた。西に目をやると、谷のむこうに黒雲が集まりはじめている。もう一雨来そうな気配だった。

けれども、オークランズの空にはまだ太陽が輝いていた。ロベルトの薔薇《ばら》も幸せそうに頭をもたげ、とじていた花びらをほころばせている。嵐《あらし》はこちらには来ないのかもしれない。

そんなことを考えていると、突然エンジン音が変化して、かすれた轟音《ごうおん》が響き渡った。ガイが車のギアを入れ、整備用ピットからレーシングコースへ滑り出そうとしているのだ。マーニーはよくこうして窓辺に立ち、流線形のモンスター・マシンが恐るべきスピードで走り去るのを見守ったものだった。まぶたをとじて、ガイの車が飛び出していくようすを頭のなかで思い描いてみる。エンジン音が微妙に変化するのは、瞬間的にギア・チェンジをしている証拠だった。

サーキットに出た時、ガイはすでにトップ・ギアに入れていた。直線コースでマシンが加速するにつれ、マーニーの脈拍も速くなった。間もなく最初の難所、S字形の急カーブにさしかかる。ガイがギアを入れかえて減速したらしく、しゃがれたエンジン音がとどろいた。カーブを出たとたん、また一気に加速する。小川にかかった橋を越え、湖を一周すると、屋敷の前の直線コースだ。水辺をはなれたらすぐ視界に飛びこんでくるはずだった。

マーニーは息をこらして、その瞬間を待っていた。大きくみはった目には、興奮と恐れの色がたたえられている。屋敷前の直線コースを走る時、ガイはどんな車に乗っていようと、最高速度を出さないと気がすまないのだ。

青と白の車体が稲妻のようにひらめいた。ガイが乗っているのは美しいクラシックカーではない。フラボーサ・フォーミュラ・ワンだ。

それは最新式の驚くべきマシンだった。ガイが世界制覇をはたした時に乗っていたものと型は同じだが、性能はこちらのほうが優れている。九〇年代ではトップクラスに入るレーシングカーだった。ガイはみずからの成功の証《あかし》として、このマシンをコレクションに加えていた。

マーニーにとって、これほどいやな車はない。その恐るべきパワーも、軟弱な車体も、人間味のまるでない雰囲気も、マーニーは好きになれなかった。おまけに、ガイがこれに乗るのは、ひどく機嫌がわるい時と決まっている。

胸の鼓動が激しくなった。マシンが風のように走り去る。ゆうべ、わたしがあんなことを言ったから、あの車に乗る気になったのね。そうに決まってる。その時、マーニーの心に恐ろしい確信が芽生えた。ガイは自分のせいで赤ちゃんを亡くしたと思ってるんだわ。

マーニーは目をつむり、唇を固くむすんで、音に全神経を集中させた。エンジンに異状はないかと、微妙な音の変化に耳をそばだてる。ガイが運転ミスをおかす恐れもないわけではない。ガイのような男性と十二カ月も一緒に暮らしたら、さまざまな音を聞きわけられるようになって当然だった。

さあ、ギア・チェンジをして。今よ！

それでいいわ。マーニーはほっとして体の力を抜いた。肝心なのはタイミングだ。屋敷の前の直線を抜けると、たくみに配置された障害が待っている。小川ごえの難しい連続カーブを通過すれば、ふたたびピット前のメイン・コースだった。

音の変化を追いかけているると、ガイのマシンがどこを走っているのか正確に把握できた。

ガイはピット前の直線をフル・スピードで駆け抜けるだろう。タイヤが暖まってしまえば、マシンを意のままにあやつれる。最高速度が出るのはコースを二、三周してからだ。ストップ・ウォッチを手にしたピット要員が飛び出してきて、本番さながらにラップ・タイムを計測するはずだった。

マーニーは震えながら窓に背をむけ、ドレッシングルームに飛びこんだ。下着もつけず、ジーンズとトレーナーを身にまとう。ガイの車がふたたび通り過ぎる前に窓辺にもどらなければ。

息せき切って駆けつけたので、間一髪で間に合った。ガイのマシンが目にもとまらぬスピードで走り去る。マーニーはまぶたをとじて、声にならない祈りを捧《ささ》げた。ガイが最初のカーブを無事に通過してくれますように……。

そう、それでいいわ。マーニーは息をこらした。今度は障害だ。タイヤがコースの縁をこすって悲鳴をあげる。ガイがちょっとした判断ミスをおかしたのだ——が、大事にはいたらなかった。

二度とミスなんかしないで！ ガイが連続カーブにさしかかる。やがて、よどみないエンジン音がとどろいて、マシンが全速力でピット前を通過した。次はS字カーブだ。こんな方法で自分自身を試そうとするガイに腹が立ったが、もっといらだつのはガイにそうさせた理由のほうだった。

マーニーは三たび屋敷の前を駆け抜けるガイを見守っていた。心配だわ。こんなにスピードを出すなんて！ ターボ・エンジンをフル回転させているにちがいない。ガイが次のカーブと障害を無事に通過すると、マーニーは安堵《あんど》のあまり床に座りこみそうになった。まるで頭のなかのサーキットを小型レーシングカーが走りまわっているみたいだ。ガイが今どこにいるのか、手にとるようにわかった。

ピット前の直線でエンジンをふかす音が谷じゅうにひびき渡る。今度はS字カーブだ……。

マーニーは息づまる思いで待っていた。スロットルの操作に抵抗するエンジン音が間もなく聞こえるはずだ。予想どおりマシンが減速したが、その直後に加速する音が聞こえてこない。と、急ブレーキがふまれ、タイヤが耳ざわりな悲鳴をあげた。それっきり、なにも聞こえなくなった。

完全なる静寂。

しばらくのあいだ、マーニーは身じろぎ一つしなかった。タイヤがあげた悲鳴の余韻で、五感が麻痺《まひ》しそうだ。それでも、なにが起こったかは瞬間的に理解できた。

マーニーは裸足《はだし》で寝室から飛び出した。廊下を走り、階段を駆けおりる。長い髪をなびかせ、血の気の失《う》せた顔をして、ホールを突っ切った。ロベルトの前で立ち止まりもせず……。わずかに残った理性が告げた。ロベルトもあの衝突音を聞きつけて、最悪の事態を恐れているにちがいない。

マーニーは気が気でなかった。玄関を走り出て屋敷のわきへまわり、きれいに刈りこまれた芝生の上で足を滑らせながらも夢中で駆ける。行くべき場所はわかっていた。マーニーは迷うことなく事故現場へとむかった。

サーキットと屋敷をへだてる生け垣にたどり着いた瞬間、渦を巻いて立ちのぼる黒煙が目に入った。マーニーは棒立ちになった。涙で胸をつまらせながら、生け垣を無理にかきわけて進む。顔や腕がひっかき傷だらけになっても平気だった。ある恐ろしい考えが脳裏を駆け巡っていたのだ。

ガイが死んでしまった。わたしの愛の告白を聞きもしないで……。

コースぞいに走ってカーブを曲がると、救急用のヴァンが現場に来ていた。ななめに止まった赤いヴァンの後部ドアがひらいている。青と白に塗られたマシンはすぐそこにあり、燃えさかる炎と黒煙に包まれていた。男たちが懸命に消火作業をしている。消火器から噴き出した白い泡が飛び散って、雪のように舞っていた。

もう立っていられない。マーニーは地面にうずくまり、息づまるような悲鳴をあげた。それでもなんとか立ちあがり、顔にかかった髪をはらいのけると、現場へ吸い寄せられるように近づいていった。怖いけれど、最悪の事態を自分の目で確かめなければ気がすまなかった。

救急用のヴァンのあたりまで来た時、一つの人影が目に入った。ガイが後部ドアのわきに立ち、左手で右の肩をおさえながら、今や残骸《ざんがい》となりはてた愛車をじっと見つめているではないか。

銀色の耐火スーツはほとんど無傷で、ヘルメットもちゃんとかぶっている。生きているガイの姿を見たとたん、マーニーはなにがなんだかわからなくなって、激しい怒りをガイにぶつけていた。

「いいかげんにしてよ！　ひとの気も知らないで！」鋭い声を耳にして、ガイがはっとしてふり返る。マーニーはすさまじい剣幕でつめ寄った。

「マーニー……」ガイは左手でなだめるようなしぐさをした。「落ち着いて。ぼくはなんとも……」

その言葉はマーニーの耳に届いていなかった。マーニーは激高し、大声で叫びながらガイにむしゃぶりついて拳《こぶし》をふるった。涙が頬を伝い、怒りとショックで目が見えなくなりそうだ。

ガイはマーニーの手をつかもうとしたが、事故の衝撃が残っているせいか、相手の動きについていけなかった。マーニーの拳が右肩をとらえると、ガイは顔をしかめて本能的に身をひいた。

その瞬間、誰かがマーニーを羽交いじめにして、乱暴な真似《まね》をやめさせようとした。

「ミセス・フラボーサ！　ご主人は怪我《けが》をしてるんですよ。そんなことをしては……」

「はなしてやってくれ」かすれ声でガイが言った。マーニーはゆうべよりもっと激しく、しゃくりあげるように泣いている。「はなすんだ、トム」

「しかし……」

「いいから」

トムと呼ばれた男は手をはなして後ろにさがった。が、マーニーがまたガイを殴ろうとしたらすぐひき止めるつもりで、油断なく目を光らせている。

しかし、マーニーにはもうそんな元気はなかった。怒りもいつしか苦悩に変わり、彼女は湿った地面にがっくりと膝を突いた。

痛ましい姿だった。ジーンズは破れ、素足は泥にまみれている。髪もくしゃくしゃだった。マーニーは手の震えをおさえようとして、膝の上で両手を固く握りしめていた。

ガイが何事かつぶやいて、ヘルメットのストラップをはずそうとした。

「トム！　手を貸してくれ」

ヘルメットをぬがせるためにトムが悪戦苦闘しているあいだ、ガイはいらいらしながら待っていた。ふたりにとって今いちばん気がかりなのはマーニーのことだった。

「よほどショックだったんでしょうね」トムが小声で言った。「あなたが事故で――」

「そんなことはきみに言われるまでもない」不愉快そうにガイがさえぎった。

ようやくヘルメットがぬげたので、その下にかぶっていた白い耐火マスクもついでにとった。「マシンのところへもどるんだ」ガイはヘルメットとマスクをトムに手渡すと、仲間たちの同情のまなざしをさえぎるように、マーニーの前にひざまずいた。そしてそのまま手もふれず、マーニーが泣き疲れるのを待っていた。

やがて、ガイが一つ大きく息をして、燃えつきた車に目をやった。車の残骸から白い蒸気が立ちのぼっている。と、一粒の雨がガイの頬を打った。その雫《しずく》をぬぐうが早いか、どしゃ降りの雨になり、誰も彼もずぶ濡れになった。

「火を消し止めたなら、おやじに伝えてくれ。ぼくは無事だと」ガイがピット要員に告げた。

男たちは喜んで屋敷のほうへもどっていったが、好奇心は隠せないようだった。ガイがなぜ妻をなぐさめもしないで激しい雨に打たれているのか、彼らにはわからないのだ。

ガイはピット要員を乗せた赤いヴァンを暗い目で見送って、マーニーに注意をもどした。が、まだ手をふれようとせず、穏やかな声で淡々と話しはじめた。マーニーもいつしか泣きやんで、ガイの前にうずくまったまま、胸がふさがるような思いで話に耳をかたむけた。

「初めてきみに会ったのはここだったな。あの時、ぼくは思ったよ。ああ、彼女だ！　ぼくは彼女を今まで待ちつづけていたんだ。今すぐこの場でつかまえて、絶対にはなすもんか……とね。でも、そんなふうに見とれていながら、実はわかっていたんだ。きみほど無《む》垢《く》な女性はいない、あさましい自分の本能が命ずるままに動いてはいけない……と。ぼくは子供ではない。年齢的にはもちろん」ガイが深い吐息をもらした。「人生経験においてもそうだ！　ぼくは放蕩《ほうとう》のかぎりを尽くしてきた。ただれた生活にきみをひきこもうとするなんて厚かましいにもほどがある。だが、きみは自己防衛本能を持っていた。その本能がきみに警告したんだ。ひねくれた年上の悪魔には近づくな、と。だからこそ、ふたりの目が合った瞬間、きみはぼくを拒絶したのさ」

「拒絶なんかしなかったわ」うつむいた頭に激しい雨が降りそそぎ、マーニーの肌にはりついた長い髪を伝い落ちていく。

顔を合わせていなくても、ガイが笑みを浮かべたのがわかった。「それは嘘《うそ》だ、マーニー。きみはぼくのすべてを拒絶したんだ。ぼくのいわゆる友人たちを、ぼくの傲慢《ごうまん》さを、いかがわしい評判を……そして誘惑の手管さえも！　しかし、かすかな希望は残されていた。心では拒否しながら、きみの体がぼくの愛撫《あいぶ》に応《こた》えていたからだ！　そこでぼくは……卑怯《ひきょう》にも、きみの欲望を刺激して結婚を承知させた。夫婦として暮らした一年間、みずから作りあげた幻想を壊すまいとつとめたよ。ぼくが惹《ひ》かれているのは、きみの肉体だけなんだという幻想をね。ほんとうは……」ガイが手をのばし、マーニーの頬にふれた。

「きみの愛がほしかったのに」

「ああ、ガイ」マーニーが吐息をもらした。「あなたみたいに頭のいいひとが、どうしてそんなばかなことを？」

「まったくだ。しかし、ぼくはきみの妊娠に気づいていたんだ」ガイは不意にこみあげてきた感情をのみこんだ。マーニーを見ていられなくなって、激しい雨に打たれている屋敷に目を移す。「あのパーティの夜が来る前に」

「そんなはずないわ！　わたしでさえ、あの日まで気づかなかったのよ！」

「きみは気づいていると思っていた」ふりむいたガイの顔は厳しかった。「出張から帰ったぼくをむかえてくれたきみの顔色がひどくわるかったんで……ひらめいたんだ……子供ができたな、と」ガイが肩をすくめた。「当然、きみも妊娠に気づいていると思った。それなのにきみはなにも言わず、ひどくみじめな顔をしていた。ぼくの子供を産むのがそんなにいやなのか、と思って心が傷ついたよ。お返しに、きみも傷つけてやりたくなった。

だから、あんなひどいことを言って出ていったんだ！」

「そして、その夜は帰ってこなかった」

「地下駐車場においてある車のなかで夜明かししたのさ」マーニーの驚いた顔を見て、ガイが寂しげな笑みを浮かべた。「一晩じゅう、いろいろ考えたよ。きみに悪態をついたおかげで気分は最悪だった。腹が立ってもいたしな。子供ができたというのに、きみはなにも言ってくれないんだから！　翌朝、部屋にもどったぼくは……」

「愛人のベッドから直行したみたいだったわ」

うなずいたガイの表情は暗かった。「きみの目にどう見えたかはわかっている。当然また喧嘩《けんか》がはじまって、とうとうぼくは最後通牒《つうちよう》を突きつけた。きみに別れ話を持ち出されて、やけになっていたんだ。〝ぼくを選ぶか、仕事を選ぶか、よく考えて決めるんだな〟そんな捨て台詞《ぜりふ》をはいたあと、ぼくはきみと別れて車でロンドンへむかった。酒が与えてくれる安らぎがほしかったんだ」

「ようやく妊娠に気づいたわたしが、あなたと喜びをわかちあうために、ロンドンに出てくるとは夢にも思わないで」

「きみはぼくと喜びをわかちあうかわりに、別の女と寝ている夫の姿を目にしたわけだ」ガイは苦悩に満ちた目をあげた。「あの夜初めて、ぼくはきみに深く愛されていることを知った。そして自分が失ったものの大きさを……」

「でも」マーニーは眉をひそめた。「それまでわたしの愛に気づかなかったなら、どうして……」

「マーニー、きみは深く傷ついていたんだ。アンジーとベッドをともにしているぼくを見て、きみの心はずたずたに引き裂かれてしまった。あれが本物の浮気だったかどうか、ぼくが正体を失うほど酔っていたかどうかは問題じゃない。きみへの愛を隠すのに躍起になって、きみに愛されていることに気づかなかったぼくがわるいんだ！　あの夜、きみは腹立ちまぎれにぼくを殴ったわけじゃない。夢と希望を失った者の苦悩が、きみにあんな真似をさせたんだ。あれほど血を流すのは傷ついた心だけだ。ぼくにはわかる。あの時、ぼくの心も血を流していたんだから」

「ああ、ガイ」悲しげな声だった。「あれが本物の浮気だったかどうかは問題じゃないなんて、とんでもない思いこみだわ！　夫が自分の意思で別の女と寝てるのを見るのと、悪友たちのお芝居を見物するのとは大ちがいなのよ！　実際は、夫が酔いつぶれてるのをいいことに、悪友たちが年若い妻をからかおうとして、一芝居打っただけなのに！」

「それをどう説明すればよかったんだい？　ぼくはきみの体がほしいだけだと思わせようとしていたんだぞ。ぼくとベッドをともにするのがいやなら、ほかの女と寝るなどと口走ったこともある。そんな男が、ああいった状況で、身の潔白を証明できると思うかい？　あの場面を見られたら、浮気だと思われて当然さ。弁解の余地はない」

ガイはため息をついた。「あの夜、きみの愛が憎しみに変わっていくのを目のあたりにして、ぼくはきみにふさわしい男ではないと悟ったよ。でも、きみが姿を消していた六カ月間は、ぼくの人生で最悪の日々だった！　やがて帰ってきたきみの体と表情を見て、ぼくは赤ん坊を亡くしたことを知ったんだ。すべてはぼくの責任だ」ガイは軽く咳《せき》をして喉のつかえをはらった。「許しがたい罪をおかしてしまった」

「それじゃ、罪ほろぼしがしたいって言ったのは、アンジーと浮気したからじゃなくて、赤ちゃんを亡くしたのは自分のせいだと思ったからなのね」

ガイが厳しい顔でうなずいた。「ぼくがあんな不器用な愛し方をしなければ……」

「わたし、階段から落ちたのよ！」マーニーは声をはりあげた。「あなたのせいでも、わたしのせいでもないわ！　ゆうべ言ったでしょう？　わたしは階段の下のほうで足をふみはずしたの。悲しいけど事故だったのよ。誰のせいでもないわ」

「ぼくのせいさ。マーニー、きみはそそっかしい人間じゃない。ぼくがもっと愛情深い夫でいたら、浮気を疑われることはなかったはずだ。きみが家出をすることも、みじめになって階段から落ちることもなかったんだ！」

「なにもかも自分の責任だから、あのいまいましい車に乗りこんで、スピードの出しすぎで死のうとしたってわけね！」

「ちがう」ガイがマーニーを抱き寄せた。「そんなことするもんか。ぼくは二度ときみをひとりにするつもりはない。信じてくれ。でも、スピードという悪魔の誘惑には、どうしても勝てないんだ。ハンドルを握っている時のぼくは冷静だ。頭も目もさえている。今日コースをはずれたのはタイヤがパンクしたせいだ。運転ミスのせいでも、スピードの出しすぎのせいでもない。きみへの愛のために死のうとしたわけでもないんだ！　事故を起こしたのはタイヤが原因だ。それだけのことさ」

マーニーは疑わしげな目で車の残骸を見た。「あなたは死んでたかもしれないのよ」

「まさか」いつもの傲慢な口調がもどってきたようだ。「ぼくは一流のレーサーだぞ。レース用の車は時速二百五十キロで走っている時にタイヤを一つ失ったぐらいで制御不能にはならないんだ。見かけはやわでも、安全性が高いからな」

「それにしては、すぐ火だるまになるのね」

「だからこそ、こうして耐火スーツで身をかためているんじゃないか。たとえ車が炎上しても、無傷でコックピットから出られるように」

その時初めて、ふたりは天から降りそそぐ激しい雨を意識した。足元には水たまりができている。髪から雫がしたたり落ちて、着ている服は泥だらけだった。どちらもずぶ濡れになって、寒そうな顔をしている。

「ひどい格好ね。あなた、怪我をしてるわ、ここ」マーニーは濡れた指さきでガイの目元にふれた。打ち身のあとが腫《は》れはじめている。

「きみの顔と腕も傷だらけだ」ガイも同じように手をのばし、マーニーの両頬にある赤いかき傷にふれた。「どうしたんだい？」

「あなたを助けようと思って」マーニーの青い瞳が情けなさそうにきらめいた。「無理して生け垣をかきわけたの……キスで治してくれる？」

ガイは深い愛を宿した瞳の奥をのぞきこみ、マーニーの両頬にそっと口づけをした。

「ほかに痛いところは？」身をひきながらガイがきく。

「あるわ、なんだか体じゅうが痛い」マーニーは吐息をもらした。羽根のように優しい口づけを受けた肌が喜びに震えている。「あなたはどう？　目のまわりの痣《あざ》のほかに痛いところはある？」

「あるね、なんだか体じゅうが痛い」ガイは期待をこめて、マーニーと同じ台詞をくり返した。

「ほんと？」

「ほんとさ。マシンがコースをはずれた時、肩を少しばかり打ったんだ。そのあとでまたちょっと怪我をした。どこからともなく現れたワイルドな女性に、こっぴどく殴られてね！」

「あら」マーニーは口をとがらせた。「あの時はわたし、腹が立ってたのよ」

「すさまじい剣幕だったな」

「だって、死んだと思ってたあなたが生きてて、ぴんぴんしてるんだもの！」

「死ぬことよりもわるいことがあるのかい？」

「あるわ」マーニーは急に真顔になった。「あなたがわたしの愛を知らないで生涯を送ること」

「おいで」ガイはマーニーをひき寄せて、しっかりと抱きしめた。「ぼくがほしいのはきみだけだ。初めて会った時から、その気持は変わらない」

「ガイ、お屋敷にもどりましょう」マーニーがささやいた。「あったかくて大きなベッドで、あなたにぴったり寄りそっていたいの。けさひとりぼっちで目ざめたあのベッドで」

「ベッド？」ガイは嬉《うれ》しそうに笑った。「この水たまりよりは、ベッドのほうがましだな」

ガイはマーニーに手を貸して一緒に立ちあがった。「熱い湯にゆっくりつかるのもいい」

「ふたりで？」マーニーがガイの腰に手をまわし、ガイがマーニーの肩を抱いた。マーニーは雨に濡れた顔をあげ、意味ありげに瞳をきらめかした。

ガイが何事かつぶやいた。降りしきる雨のなか、ふたりは屋敷にむかって駆けだした。

「今のあなたを絵に描《か》きたいわ。びしょ濡れになった、セクシーなあなたを」数分後、屋敷に着いてからマーニーが言った。誰にも邪魔されないよう、寝室の鍵《かぎ》はしっかりかけてある。

「またにしてくれ。今日はきみに別の……才能を発揮してもらいたいんだ。夫を幸せにする才能を」

「いいわ、幸せにしてあげる」マーニーは背のびしてガイにそっと口づけをした。

「まだ充分とは言えないな」ガイがマーニーを抱き寄せた。「二度とぼくをひとりにしないと約束してくれなければ」

「約束するわ。死ぬまであなたをはなさない」

●本書は、1997年6月に小社より刊行された作品を文庫化したものです。

あの愛をもう一度
2022年8月15日発行　第1刷

著　　者／ミシェル・リード
訳　　者／氏家真智子（うじいえ　まちこ）
発 行 人／鈴木幸辰
発 行 所／株式会社ハーパーコリンズ・ジャパン
東京都千代田区大手町 1-5-1
電話／03-6269-2883（営業）
0570-008091（読者サービス係）
印刷・製本／中央精版印刷株式会社
表紙写真／© Volodymyr Ivash | Dreamstime.com

ISBN978-4-596-70639-3

7月27日
発売

ハーレクイン・シリーズ 8月5日刊

ハーレクイン・ロマンス

愛の激しさを知る

大富豪は愛すら略奪する マヤ・ブレイク／東　みなみ 訳
〈華麗なる富豪兄弟 I〉

白騎士と秘密の家政婦 ダニー・コリンズ／松尾当子 訳

砂漠に消えた妻 リン・レイ・ハリス／高木晶子 訳
《伝説の名作選》

恋は炎のように ペニー・ジョーダン／須賀孝子 訳
《伝説の名作選》

ハーレクイン・イマージュ

ピュアな思いに満たされる

四日間の恋人 キャシー・ウィリアムズ／外山恵理 訳

砂漠の小さな王子 オリヴィア・ゲイツ／清水由貴子 訳
《至福の名作選》

ハーレクイン・マスターピース

世界に愛された作家たち
〜永久不滅の銘作コレクション〜

愛を告げるとき ペニー・ジョーダン／高木晶子 訳
《特選ペニー・ジョーダン》

ハーレクイン・ヒストリカル・スペシャル

華やかなりし時代へ誘う

子爵家の見習い家政婦 ルーシー・アシュフォード／高山　恵 訳

道ばたのシンデレラ エリザベス・ロールズ／井上　碧 訳

ハーレクイン・プレゼンツ作家シリーズ別冊

魅惑のテーマが光る極上セレクション

愛を忘れた理由 ルーシー・ゴードン／山口西夏 訳

8月9日発売

ハーレクイン・シリーズ 8月20日刊

ハーレクイン・ロマンス
愛の激しさを知る

鳥籠の姫に大富豪は跪く ケイトリン・クルーズ／山本みと 訳
〈王女と灰かぶりⅡ〉

麗しき堕天使の一夜妻 リン・グレアム／藤村華奈美 訳
〈ステファノス家の愛の掟Ⅱ〉

消えた初恋と十五年愛 ジャッキー・アシェンデン／雪美月志音 訳

大富豪の望み カレン・ローズ・スミス／睦月　愛 訳
《伝説の名作選》

ハーレクイン・イマージュ
ピュアな思いに満たされる

愛をつなぐ小さき手 ルイーザ・ヒートン／大田朋子 訳

囚われの社長秘書 ジェシカ・スティール／小泉まや 訳
《至福の名作選》

ハーレクイン・マスターピース
世界に愛された作家たち
～永久不滅の銘作コレクション～

シンデレラの涙 ベティ・ニールズ／古澤　紅 訳
《ベティ・ニールズ・コレクション》

ハーレクイン・プレゼンツ作家シリーズ別冊
魅惑のテーマが光る極上セレクション

秘密は罪、沈黙は愛 ジョージー・メトカーフ／堺谷ますみ 訳

ハーレクイン・スペシャル・アンソロジー
小さな愛のドラマを花束にして…

キャロル・モーティマー珠玉選 キャロル・モーティマー／すなみ　翔他 訳
《スター作家傑作選》

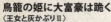

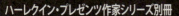